Gina Mayer

Pferdeflüsterer Mädchen

EIN GROSSER TRAUM

Band 2

Mit Illustrationen von
Florentine Prechtel

Ravensburger

MIX
Papier aus verantwortungsvollen Quellen
FSC® C111262

1 3 5 4 2

Coverzeichnungen: Florentine Prechtel
Umschlaggestaltung: Birgit Gitschier, Augsburg,
unter Verwendung von Bildern von
© OlesyaNickolaeva / Shutterstock (Pferd);
© Andrey_Arkusha / AdobeStock (Mädchen);
© Konstanttin / Shutterstock (Landschaft, Berge);
© StevanZZ / Shutterstock (Landschaft);
© ValekStudio / Shutterstock (Textur Lichter);
© Paladin 12 / Shutterstock (Textur)

Printed in Germany
ISBN 978-3-473-40471-1

www.ravensburger.de

Inhalt

1 Ruby macht einen Fehler

Obwohl es schon Oktober war, roch die Luft noch nach Sommer. Über die schroffen weißen Klippen der Steilküste wehte eine frische salzige Meeresbrise.

Ruby sog die Luft begierig ein. Das war das Beste an Cornwall: Man fühlte sich hier das ganze Jahr lang wie im Urlaub.

Sie radelte über die uralte Steinbrücke, die über einen plätschernden Bach führte, danach stellte sie sich in die Pedale. Der Weg zur Ocean Ranch ging steil nach oben.

Ruby war ziemlich außer Atem, als sie die kleine Gebäudeansammlung auf den Klippen erreicht hatte. Um einen Hof herum standen ein altes graues Steinhaus mit einem buckligen Dach aus Reet und ein paar Holzgebäude. Daneben lagen die Koppeln.

Als sie ihr Fahrrad auf dem Hof abstellte, brachte Patrice Dufresne gerade ein neues Pferd aus dem Stall. Einen kleinen Braunen mit einer weißen Blesse auf der Stirn.

Ruby, die zur Pferdeweide rennen wollte, hielt sofort inne.

Es war erst ein paar Wochen her, dass sie zum ersten Mal auf die Ocean Ranch gekommen war, aber die wichtigste Verhaltensregel auf dem Hof war ihr bereits in Fleisch und Blut übergegangen: keine hektischen Bewegungen oder lauten Geräusche in Gegenwart neuer Pferde.

Denn die meisten Tiere, die auf der Ocean Ranch eintrafen, hatten eine harte Vergangenheit hinter sich. Patrice, dem die Ranch zusammen mit seiner Freundin Kelly gehörte, kaufte

Pferde auf, die verstört oder traumatisiert waren, von ihren Vorbesitzern misshandelt worden waren oder eingeschläfert werden sollten.

Nach ihrer Rettung begann Patrice, mit den Tieren zu arbeiten, und brachte sie mit viel Geduld und Einfühlungsvermögen dazu, wieder Vertrauen zu den Menschen zu gewinnen. Einige behielt er, andere verkaufte er danach weiter – wobei er sorgsam darauf achtete, dass die Pferde in gute Hände kamen.

Pferdeflüsterer nannten ihn die Leute in der Kleinstadt Bickerick, zu der die Ocean Ranch gehörte.

Der Braune, den Patrice am Halfterstrick hielt, wirkte allerdings überhaupt nicht verstört. Er rieb seinen Kopf so zärtlich an Patrices Arm, als würden sie sich schon seit Jahren kennen.

„Hi, Ruby!" Jetzt hatte auch Patrice Ruby bemerkt. Der bärtige junge Mann, der die langen Haare wie immer zu einem Knoten hochgebunden hatte, winkte sie zu sich. „Könntest du mir eben helfen?" Patrices Englisch hatte einen unüberhörbaren französischen Akzent. Er stammte aus dem französischsprachigen Teil von Kanada.

„Klar." Ruby ging mit ruhigen Schritten auf ihn zu. Ihr Herz schlug unwillkürlich schneller. Sie hatte mit sechs Jahren angefangen zu reiten, seitdem hatte sie jede freie Minute im Reitstall verbracht. Dass sie dennoch keine Ahnung davon hatte, wie man richtig mit Pferden kommunizierte, war ihr erst auf der Ocean Ranch bewusst geworden. Deshalb freute sie sich jetzt umso mehr, dass Patrice ihre Hilfe brauchte. „Was soll ich denn tun?"

„Könntest du Marlon einen Moment lang halten? Ich muss kurz ins Haus."

„Gerne." Nun hatte Ruby die beiden erreicht. Der Braune zeigte immer noch keine Anzeichen von Scheu, seine schönen schwarzen Augen musterten Ruby interessiert.

„Kann man dich auch streicheln?", fragte Ruby leise.

„Natürlich", erwiderte Patrice. „Marlon ist total verschmust."

Ruby fuhr Marlon über die samtweiche Stirn, während sie gleichzeitig den Halfterstrick entgegennahm, den Patrice ihr hinstreckte. Marlon genoss die Liebkosung sichtlich und schob sich ganz eng an Ruby heran.

„Warum ist er eigentlich hier?", erkundigte Ruby sich verwundert. Falls Marlon ein Problem mit Menschen hatte, versteckte er es wirklich gut.

„Kelly hat Marlon gekauft. Er wird sie bei ihrer Arbeit unterstützen. Ich wollte ihn gerade auf die Weide bringen." Patrice streichelte den braunen Hals des Wallachs.

„Du meinst, er ist ein Therapiepferd?" Der Anflug von Stolz, den Ruby gerade noch empfunden hatte, verflog.

Patrices Freundin Kelly war Reittherapeutin, die sich auf die Arbeit mit Kindern spezialisiert hatte. Die Pferde, mit denen sie arbeitete, um ihren jungen Patienten zu helfen, waren allesamt lammfromm und bestens ausgebildet.

Jede Pappnase, die keine Ahnung von Pferden hatte, hätte Marlon halten können. Dennoch warf Patrice Ruby einen wachsamen Blick zu, bevor er sich endlich auf den Weg ins Haus machte.

„Ich bin gleich wieder zurück“, rief er über die Schulter hinweg.

„Alles klar“, murmelte Ruby verdrossen.

Als Patrice die schwere alte Holztür des Wohnhauses aufzog, nutzte Arthur die Gelegenheit und schlüpfte ins Freie. Der große Schäferhund blinzelte einen Moment lang in die helle Nachmittagssonne, dann erst bemerkte er Ruby. Er begann sofort zu wedeln und trabte erfreut auf sie zu.

Obwohl Arthur mit seiner bulligen Statur und dem riesigen Kopf echt gefährlich aussah, zeigte Marlon auch jetzt keine Spur von Nervosität. Der kleine Braune senkte sogar neugierig den Kopf und schnupperte an Arthurs Fell, als sich dieser an Rubys Bein drängte.

Ohne den Halfterstrick loszulassen, bückte

sich Ruby und streichelte den struppigen dunklen Rücken des Hundes.

Arthur brummte zufrieden und ließ sich auf den Boden plumpsen. Er drehte sich auf den Rücken und reckte alle viere in die Luft, damit Ruby ihn am Bauch kraulen konnte.

Dieses Verhalten hatte er auch während seiner Ausbildung zum Polizeihund an den Tag gelegt, weshalb er nach wenigen Monaten ausgemustert worden war. Kein Verbrecher hätte sich vor so einem Hund gefürchtet.

„Ich kann dich nicht knuddeln", erklärte Ruby. „Ich muss mich um Marlon kümmern." Sie strich dem Pferd über die Mähne.

Arthur fiepte mitleiderregend, aber nach einer Weile wälzte er sich auf den Bauch, stand auf und trollte sich in den Schatten vor der Scheune, wo eine Handvoll Hühner und ein zerrupfter Pfau nach Käfern und Grashalmen pickten. Mitten in der Vogelschar ließ der Schäferhund sich wieder fallen und schlief einfach ein.

Ruby blickte zum Haus. Wo blieb Patrice bloß so lange? Sie hatte nicht allzu viel Zeit, um vier kam ihre Mutter von der Arbeit nach Hause. Dann wollten sie zu ihren Großeltern, die ebenfalls in Bickerick wohnten.

Ruby war direkt nach Schulschluss zur Ocean Ranch gefahren, um Fantasy wenigstens kurz zu sehen. Normalerweise ging sie nachmittags mit der Schimmelstute spazieren, sie wanderten am Strand entlang oder über die Felder. Manchmal durfte Ruby sie auch reiten – allerdings nur auf dem Hof und unter Patrices Aufsicht.

Ungeduldig schielte Ruby auf ihre Armbanduhr. Es war schon halb vier, sie hatte nur noch eine Viertelstunde.

Als sie wieder aufblickte, drückte sich die dreibeinige Katze Zigzag um die Hausecke und humpelte über den Hof. Genau wie die Hühner und der zerfledderte Pfau gehörte sie zu den Tieren, die Patrice und Kelly vor dem sicheren Tod gerettet hatten.

Noch ein Blick auf die Uhr: 15 Uhr 31. Rubys Zeit mit Fantasy schmolz dahin.

„Ich könnte dich ja auch selbst auf die Koppel bringen", sagte Ruby zu Marlon.

Der Braune stieß ein tiefes grollendes Geräusch aus, als wollte er Ruby zustimmen.

Ruby schaute noch mal zum Haus – immer noch keine Spur von Patrice –, dann ging sie einfach los. Bereitwillig und brav trottete Marlon neben ihr her. Das Gefühl des Unwillens, das Ruby gespürt hatte, seit Patrice verschwunden war, wurde immer stärker.

Bevor sie und ihre Mutter nach Cornwall gezogen waren, hatten sie in Berlin gelebt. Dort hatte Ruby auch reiten gelernt. Sie war täglich auf dem Reitplatz gewesen und hatte Springreiten und Dressur trainiert. Ihre Reitlehrerin war begeistert von ihr gewesen. Sie hatte Ruby wieder und wieder versichert, dass sie ihre beste Schülerin war. Im November hätte Ruby bei ihrem ersten Turnier starten sollen.

Hier in der Ocean Ranch ging sie einmal in der Woche zusammen mit den anderen Anfängern in den Round-Pen, wie der runde Reitplatz genannt wurde. Sie führten die Pferde erst eine

Weile im Kreis herum, bevor sie sich in den Sattel setzen durften. Ein lockerer Trab war das höchste der Gefühle. Dabei sehnte Ruby sich so danach, auf Fantasys Rücken am Strand entlangzugaloppieren oder Hindernisse zu überspringen.

Aber davon war sie noch Lichtjahre entfernt, das zeigte ihr Patrices Verhalten. Er traute ihr ja nicht einmal zu, ein Therapiepferd auf die Weide zu bringen.

Sie ging mit Marlon am Stall vorbei zu den Koppeln. Fantasy und die anderen Stuten grasten auf der großen Weide, die Hengste und Wallache waren auf der Koppel daneben untergebracht. Hier auf der kleinen Wiese, die Ruby mit Marlon ansteuerte, standen immer nur ein paar Tiere und es war für die Neuankömmlinge leichter, sich einzugliedern.

Mit der Linken schob Ruby den Bolzen am Tor nach oben, öffnete das Gatter und führte Marlon auf die Koppel. Dann schloss sie das Tor, und als sie sich danach wieder umdrehte, stellte sie fest, dass sie einen schrecklichen Fehler gemacht hatte.

2

Rico rastet aus

Auf der kleineren Koppel standen drei Pferde: die dunkelbraune Chocolate und Dottie, deren hellbraunes Fell über und über mit schwarzen Punkten bedeckt war. Und Rico.

Der braun-weiß gescheckte Paint-Horse-Wallach war vor einer knappen Woche auf der Ocean Ranch angekommen. Bisher hatte er immer im Stall gestanden – und das aus gutem Grund. Rico reagierte nämlich äußerst feindselig auf andere Pferde.

Sein früherer Besitzer hatte Rico jahrelang einzeln gehalten. Der Wallach hatte das Leben in der Herde vollkommen verlernt und sah nun in jedem seiner Artgenossen eine Bedrohung. Offensichtlich hatte Patrice ihn so weit gebracht, Dottie und Chocolate zu akzeptieren. Die beiden waren ja auch Stuten.

Marlon war ebenfalls ein Wallach und kein Hengst – normalerweise stellte das kein Problem dar. Aber Rico betrachtete Marlon als einen Eindringling in seinem Revier, das war offenkundig.

Die dunkelblauen Augen des Paint Horses waren so weit aufgerissen, dass man den weißen Rand um die Iris sehen konnte. Sein gescheckter Hals war weit vorgestreckt, die Nüstern gebläht. Nun riss er das Maul auf und fletschte die Zähne.

Marlon stellte die Ohren auf und wich erschrocken zurück, bis er mit den Hinterbeinen am Gatter stand.

Rico stieß ein wütendes Wiehern aus, worauf Dottie und Chocolate sofort die Flucht ergriffen. Während sich die beiden Stuten in Sicherheit brachten, stieg Rico.

Weg hier!, dachte Ruby. Aber schnell! Hektisch drehte sie sich wieder zum Tor. Sie zog die Verriegelung nach oben und drückte es auf.

Inzwischen war Rico zum Angriff übergegangen. Seine Hufe dröhnten wie Hammerschläge, als er auf Marlon zustürmte.

Der kleine Braune drängte sich an Ruby vorbei nach draußen. Ruby wollte das Gatter gerade von außen zuschieben, als sich Rico dagegen warf. Das Tor prallte mit großer Wucht gegen Ruby. Einen Moment lang blieb ihr die Luft weg. Sie stolperte nach hinten und ging in die Knie, während das Paint Horse an ihr vorbeidonnerte.

Marlon flüchtete über den Feldweg zur zweiten Koppel, Rico verschwand in Richtung Hof. Hinter dem Stall erklang ein lautes angsterfülltes Gackern, dann begann Arthur zu bellen.

Ruby rappelte sich mühsam hoch. Ihr Bauch tat weh, als hätte ihr jemand einen Hieb versetzt. Sie blickte sich hektisch um. Die Pferde waren in unterschiedliche Richtungen galoppiert, wo sollte sie zuerst hin?

Plötzlich wurde ihr bewusst, dass das Gatter zur Koppel immer noch weit offen stand. Die beiden Stuten grasten am anderen Ende der Weide, als wäre nichts geschehen. Ruby schloss das Tor, danach rannte sie in den Hof. Rico war viel gefährlicher als Marlon, sie musste sich zuerst um ihn kümmern.

Als sie um die Ecke des lang gezogenen Stallgebäudes bog, kam Patrice gerade aus dem Haus. Für den Bruchteil einer Sekunde begegneten sich ihre Blicke. Dann sah Ruby Rico, der mit angelegten Ohren im Hof stand. Seine Vorderbeine trippelten nervös, er war in höchster Alarmbereitschaft.

Patrice hatte Rico ebenfalls entdeckt. Er zog die Haustür wieder auf, die er fast schon geschlossen hatte.

„Kelly!", rief er ins Haus. „Komm schnell! Wir haben hier ein Problem."

Seine Stimme klang ganz ruhig. Aber als er jetzt die Stufen in den Hof hinuntereilte, hinkte er stärker als sonst. Ein klares Zeichen dafür, dass er aufgeregt war.

Patrice ging in einem weiten Bogen um Rico herum zur Scheune. Ohne Ruby eines Blickes zu würdigen, verschwand er im Gebäude und kehrte mit ein paar Absperrgittern wieder zurück. Inzwischen war auch Kelly in den Hof gekommen. Die junge Kanadierin, die ihre blonden Haare locker hochgebunden hatte, checkte kurz die Lage, dann eilte sie auf Ruby zu. Arthur folgte ihr, den buschigen Schwanz zwischen die Beine geklemmt.

„Bist du okay?", fragte Kelly.

Ruby nickte, obwohl ihr Bauch immer noch wehtat. „Marlon ist auch weg. Ich wollte ihn auf die kleine Koppel bringen und da hat ihn Rico angegriffen."

„Alles klar." Kelly blickte sich suchend um. Normalerweise waren immer ein paar Leute auf der Ranch, aber ausgerechnet heute waren sie nur zu dritt. „Kannst du schauen, ob du ihn einfangen kannst? Bring ihn zu Dottie und Chocolate, wir kümmern uns hier um Rico. Nimm Arthur mit und sperr ihn erst mal in die Scheune."

„Mach ich. Komm, Arthur!" Ruby griff nach

dem Hundehalsband. Arthur folgte ihr widerstrebend, er wäre lieber bei Kelly geblieben. Er winselte, als Ruby ihn in die Scheune zog und dort allein ließ.

Sie rannte zur zweiten Koppel und atmete erleichtert auf, als sie Marlon dort entdeckte. Der kleine Braune graste dicht am Zaun, offensichtlich hatte er die Nähe der anderen Pferde gesucht.

Er ließ sich widerstandslos einfangen und auf die kleine Weide führen, wo ihn die beiden Stuten neugierig beschnupperten.

Als Ruby zurück in den Hof kam, bauten Kelly und Patrice zwischen den Gebäuden Gitterelemente auf. Die Absperrung würde einem durchgehenden Pferd natürlich nicht standhalten, aber allein der Anblick der Gitter würde Rico dazu bringen, einen anderen Weg zu nehmen.

„Marlon ist auf der Koppel“, sagte Ruby atemlos.

Kelly reckte ihren Daumen in die Luft.

„Okay.“ Patrice griff nach dem Halfter, das er inzwischen aus der Sattelkammer geholt hatte. „Ich geh jetzt zu Rico.“

„Gut.“ Kelly nickte. „Ruby und ich stellen uns …“

„Ruby hält sich da raus“, unterbrach Patrice sie.

Ruby fühlte, wie ihr ein kalter Schauer über den Rücken lief. Patrice schickte sie weg, als wäre sie ein ungehorsames Kind. Genauso hatte sie sich ja auch benommen.

Kelly nickte ihr aufmunternd zu. Dann stellte sie sich breitbeinig in die Toreinfahrt. Jetzt erst bemerkte Ruby, dass die Kanadierin eine Peitsche in der Hand hielt. Auch das war nur zur Abschreckung gedacht, das war ihr klar. Weder Kelly noch Patrice wären jemals mit einer Peitsche auf ein Pferd losgegangen.

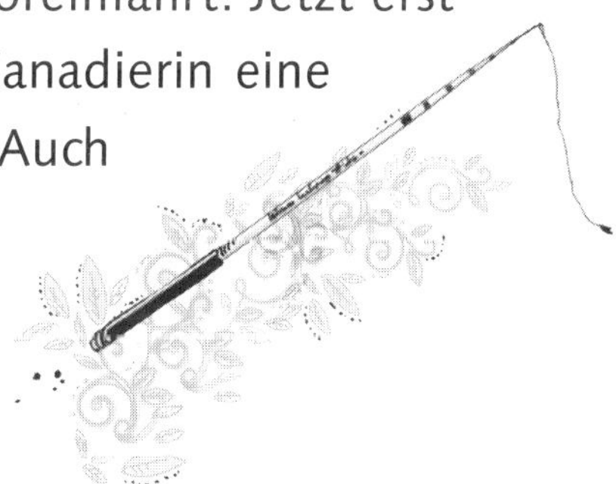

Während Ruby sich hinter die Gitterabsperrung zurückzog, ging Patrice auf Rico zu. Wieder wählte er nicht den direkten Weg, sondern schlenderte in einem weiten Bogen über den Hof. Mit hängendem Kopf, den Blick zu Boden gewandt, näherte er sich ihm ganz langsam.

Pferde waren Fluchttiere, wenn man direkt auf sie zumarschierte und sie dabei auch noch anstarrte, deuteten sie das als Angriff. Es war besser, wenn man sich ihnen wie beiläufig näherte. Das hatte Ruby in Patrices Unterricht gelernt.

Der Pferdeflüsterer hielt das Halfter vor sich, sodass Rico es sehen konnte. Bloß nichts vor dem Pferd verstecken, das macht es misstrauisch – auch das hatte er Ruby erst kürzlich erklärt. Nun hob Patrice die Hand und ließ den Wallach an dem Halfter schnuppern.

Rico war das alles überhaupt nicht geheuer. Die schwarzen Ohren zuckten in alle Richtungen, die Nüstern waren geweitet, der Körper war gespannt wie ein Gummi, kurz vor dem Zerreißen. Aber er blieb stehen und versuchte nicht zu fliehen.

Ruby hielt den Atem an, während Patrice Rico

mit der linken Hand durch die Mähne strich. Er flüsterte dem Pferd etwas zu, das Ruby nicht verstand.

Ricos Vorderhufe trippelten auf und ab, gleichzeitig senkte er den Kopf – ein Zeichen der Entspannung. Ruby krampfte ihre Hände so fest zusammen, dass sich die Fingernägel in die Handballen bohrten.

Behutsam ordnete Patrice das Halfter, dann zog er es dem Paint Horse über die Ohren. Ricos Nüstern öffneten sich noch weiter, doch er ließ es geschehen.

Ruby atmete erleichtert aus, aber genau in diesem Moment erklang am Hofeingang ein lautes Scheppern.

„Hallo!", rief eine Jungenstimme. Und dann: „Was hast du denn mit der Peitsche vor, Kelly?"

Rubys Kopf schoss zur Einfahrt, in der ein rothaariger Junge aufgetaucht war. Simon aus ihrer Klasse. Sein Fahrrad lag neben ihm im Gras. Der Ständer war seit Ewigkeiten kaputt, deshalb schmiss er es einfach immer nur hin.

Simon hatte inzwischen bemerkt, dass hier

etwas nicht in Ordnung war. Das Lächeln verschwand aus seinem sommersprossigen Gesicht. Er hob die Hände und trat einen Schritt zurück, es war jedoch schon zu spät.

Rico stieß ein schrilles Wiehern aus, richtete sich auf den Hinterbeinen auf und schleuderte die Vorderhufe in die Luft. Patrice konnte gerade noch zur Seite springen. Nun knallten die Hufe wieder zu Boden, der Wallach galoppierte los. Er wollte zuerst zur Koppel, aber als er die Absperrung sah, schlug er einen Haken und stürmte auf Kelly zu.

Sie riss die Peitsche hoch, doch bevor sie damit durch die Luft knallen konnte, hatte Rico sie schon erreicht. Sie brachte sich mit einem großen Sprung in Sicherheit, auch Simon rettete sich im letzten Moment.

Rico raste an ihnen vorbei und galoppierte mit hoch erhobenem Schweif den Weg zur Steinbrücke hinunter.

„Verdammt!" Patrice, der ihm bis zur Hofeinfahrt gefolgt war, schüttelte entnervt den Kopf.

„Sorry", sagte Kelly. „Ich hab zu spät reagiert."

„Nein, es war mein Fehler." Simon verzog zerknirscht das Gesicht. „Aber ich konnte ja nicht ahnen, was hier los ist."

Ruby lehnte sich mit dem Rücken an das Scheunentor, hinter dem Arthur wie von Sinnen bellte. Ich bin schuld, dachte sie. Und zwar ganz allein.

3

Ein blaues und ein braunes Auge

Patrice und Kelly beschlossen, Chocolate und Dottie zu satteln und Rico zu suchen. Das Paint Horse hatte sich in den letzten Tagen an die beiden Stuten gewöhnt, im Gegensatz zu den anderen Pferden machten sie ihm keine Angst mehr.

„Hoffe ich zumindest", sagte Patrice. „Der Bursche ist total in Panik, der ist zu allem fähig."

Ruby biss die Zähne so fest zusammen, dass es knirschte. Das Handy in ihrer Hosentasche begann zu vibrieren. Ruby drückte den Anruf weg, ohne einen Blick auf das Display zu werfen. Sie wusste auch so, dass es ihre Mutter war. Inzwischen war es Viertel nach vier, Laura wartete bestimmt schon auf sie.

Aber Ruby konnte jetzt nicht nach Hause. Sie wollte auch nichts erklären und mit niemandem reden.

Rico, das war das Einzige, was jetzt zählte.

Was, wenn der Wallach in seiner Panik auf die Schnellstraße galoppierte, die ein paar Kilometer von hier nach Plymouth führte? Bei dem Gedanken wurde Ruby ganz schlecht vor Angst. Sie ließ sich in die Hocke sinken, legte den Kopf auf die Knie und umschlang die Beine mit den Händen.

„Hey, Ruby." Simon ging neben ihr in die Knie und sah sie besorgt an. „Alles okay?"

„Nichts ist okay", flüsterte sie.

„Die fangen Rico schon wieder ein. Ist nicht das erste Mal, dass hier ein Pferd abhaut."

„Das ist alles meine Schuld", sagte Ruby. „Ich wollte Marlon auf die Koppel bringen und dabei ist Rico entwischt."

„Marlon sollte zu Rico auf die Koppel?", fragte Simon verständnislos.

Ruby schüttelte nur stumm den Kopf.

Simon fuhr sich unschlüssig durch die roten Haare. „Sollen wir zu Fuß los und nach ihm schauen?"

Er hatte nicht sehr laut gesprochen, aber Patrice, der gerade Dottie an ihnen vorbeiführte, hatte ihn gehört.

„Ihr macht überhaupt nichts", sagte er kurz. „Wir reden später."

„Kopf hoch, Ruby", sagte Kelly, die Patrice mit Chocolate folgte. „Wir finden ihn."

„Meint ihr den hier?", fragte eine klare Jungenstimme.

Alle vier drehten sich in Richtung Hofeinfahrt.

Dort stand Amir und grinste, dass seine weißen Zähne nur so blitzten. Der hochgewachsene Junge mit den schwarzen Haaren führte Rico am Halfter.

Der Wallach atmete schnell und flach, sein schwarz-weiß geflecktes Fell war schweißgebadet. Er ließ den Kopf hängen und schnupperte an den alten Pflastersteinen unter seinen Füßen, als wäre ihm das Durcheinander, für das er gesorgt hatte, ein bisschen peinlich.

„Ich war gerade auf dem Weg hierher, da hab ich ihn unten an der Kuhweide entdeckt", sagte Amir. „Er war am Zittern und völlig fertig. Ist mir direkt gefolgt, ohne irgendwelche Schwierigkeiten."

„Das hast du super gemacht", sagte Patrice. „Alle Achtung."

„Wie schon gesagt, es war ganz einfach. Ich glaub, Rico war richtig erleichtert, als ich ihn mitgenommen habe." Amir lehnte an der Stallwand neben der verwitterten Holzbank, auf der Patrice, Kelly und Simon saßen.

Die beiden Jungen arbeiteten auf der Ocean Ranch. Sie halfen Patrice im Stall, auf dem Hof oder beim Aufbauen der Zäune, dafür durften sie umsonst reiten.

Ruby hockte im Schneidersitz auf dem Boden. Arthur, den sie inzwischen wieder aus der Scheune geholt hatte, legte seinen großen Kopf in ihren Schoß und ließ sich die Ohren kraulen. Sie war froh, dass wenigstens der Hund ihre Nähe suchte. Patrice hatte noch kein Wort mit ihr gesprochen, seit er Rico in den Stall gebracht hatte.

Erst jetzt richteten sich seine schönen mandelförmigen Augen auf Rubys Gesicht. „Ich muss eigentlich gar nichts mehr sagen, oder?", fragte er. „Du weißt selbst, dass du Mist gebaut hast."

Sie nickte stumm.

„Was war denn los?", fragte Amir.

Als sich sein Blick nun ebenfalls auf sie richtete, schoss Ruby das Blut in den Kopf. Sie wurde ohnehin immer rot, wenn Amir sie ansah, doch jetzt brannte ihr Gesicht, als ob sie kopfüber in ein Brennnesselfeld gefallen wäre. Zu ihrem Entsetzen spürte sie, wie ihr Tränen in die Augen stiegen. Oh nein!, dachte sie. Bloß nicht losheulen!

Kelly klatschte in die Hände, rieb die Handflächen aneinander und stand auf.

„Rico hat Bekanntschaft mit Marlon gemacht",

beantwortete sie Amirs Frage. „Es war nicht gerade Liebe auf den ersten Blick, um es vorsichtig auszudrücken. Hoffentlich reagiert meine neue Patientin morgen nicht genauso auf Marlon."

„Was denn für eine neue Patientin?", fragte Simon neugierig.

Bevor Kelly etwas erwidern konnte, begann ihr Handy zu klingeln. Sie starrte ungläubig auf das Display.

„Das ist schon wieder Mr Sullivan", murmelte sie.

„Das darf ja wohl nicht wahr sein." Patrice schüttelte fassungslos den Kopf. „Ich würde einfach nicht mehr drangehen."

„Das kann ich nicht bringen. Er macht sich solche Sorgen." Kelly zog die Brauen zusammen, während sie das Gespräch annahm. „Hallo, Mr Sullivan", sagte sie betont fröhlich. „Was gibt's?"

Ruby hörte eine Männerstimme, aber was Mr Sullivan sagte, war nicht zu verstehen.

Patrice erhob sich nun ebenfalls. Er schwankte dabei ein bisschen. Das fiel einem allerdings nur auf, wenn man wusste, dass sein rechtes Bein nicht sein eigenes war, sondern eine Prothese.

Patrice war früher Profireiter gewesen und sehr erfolgreich auf internationalen Turnieren gestartet. Nach einem schweren Unfall mit seinem Pferd hatte er ein Bein verloren – und dadurch war ihm klar geworden, wie unverantwortlich und grausam der professionelle Reitsport für viele Pferde war.

„Wie geht's jetzt weiter mit Rico?", fragte Amir.

„Heute bleibt er im Stall. Und morgen fangen wir wieder von vorne an." Patrices Blick streifte Rubys Gesicht. Sie spürte, wie eine neue Hitzewelle in ihre Wangen stieg.

Der Zwischenfall mit Rico hatte Patrice mal wieder gezeigt, dass Ruby keine Ahnung von Pferden hatte. So schnell würde er ihr kein Pferd mehr anvertrauen, das war ihr klar.

„Vielleicht sollte ich das Reiten einfach aufgeben", sagte Ruby am nächsten Tag. Sie stand mit Simon am Rand des großen Schulhofs der Bickerick Primary School. Die erste Pause hatte begonnen und ihr Klassenkamerad packte gerade sein Sandwich aus.

„Guter Witz", sagte er, ohne das Gesicht zu verziehen.

„Ist doch wahr." Ruby hatte ihr Essen gar nicht erst aus dem Rucksack geholt. Sie hätte ohnehin keinen Bissen runtergekriegt. Das Ereignis vom Vortag lag ihr noch schwer im Magen.

Am Morgen hatte ihre Mutter sie zum Frühstücken gezwungen. Laura war super sauer gewesen, als Ruby gestern so spät nach Hause gekommen war. Aber nachdem sie gehört hatte, was passiert war, hatte sie sich zum Glück schnell beruhigt und Ruby sogar getröstet. Das wird schon wieder, hatte sie ihr versichert.

Simon sah das ähnlich. „Ich bin mindestens genauso schuld wie du, dass Rico abgehauen ist", beteuerte er. „Er hat sich so erschreckt, weil ich mein Fahrrad einfach hingeschmissen habe.

Dabei hat Patrice mir schon hundertmal gesagt, dass ich das lassen soll."

„Bei dir ist das doch was ganz anderes", jammerte Ruby. „Patrice vertraut dir. Im Gegensatz zu mir. Er lässt mich bestimmt niemals ausreiten."

„Ach Quatsch!" Simon nahm einen großen Bissen von seinem Käsesandwich. „Du musst nur ein bisschen Geduld haben. Amanda darf ab sofort auch ins Gelände. Und du bist garantiert bald so weit", fuhr er mit vollem Mund fort.

„Was?" Ruby sah ihn ungläubig an. „Amanda darf allein ausreiten?"

„Mit Patrice oder einem von uns." Simon zuckte mit den Schultern. „Sie ist ja auch schon länger auf der Ocean Ranch als du."

„Aber ich hab viel früher mit dem Reiten angefangen." Ruby ballte die Hände zu Fäusten. „Ich kann das."

„Ich weiß, Ruby." Simon legte einen Arm um Rubys Schulter und zog sie freundschaftlich an sich.

„Muss Liebe schön sein", erklang hinter ihnen eine Mädchenstimme. Als Ruby sich umschaute, stand da Grace und musterte sie mit spöttischem Blick.

Wie alle Schüler trug auch sie eine Schuluniform – einen karierten Faltenrock mit weißer Bluse und dunkelblauem Blazer. Mit ihren langen hellblonden Haaren und den riesigen braunen Augen wirkte sie darin wie eine verkleidete Prinzessin. Ein Ballkleid hätte viel besser zu ihr gepasst.

„Ihr dürft euch jetzt abknutschen", verkündete sie mit eisiger Stimme.

Nach Rubys Ankunft in Cornwall waren sie und Grace kurze Zeit Freundinnen gewesen. Damals hatte Grace Fantasy geritten. Aber seit Ruby die Stute aus dem Reitstall entführt und auf die Ocean Ranch gebracht hatte, hasste Grace sie aus tiefstem Herzen.

Ruby wusste, dass sie hinter ihrem Rücken über sie herzog – allerdings war Grace in der Klasse so unbeliebt, dass ihr kaum jemand zuhörte.

„Warum verspritzt du dein Gift nicht irgendwo anders?“, fragte Simon genervt. „Ich esse gerade.“ Er schob sich den Rest des Sandwichs in den Mund.

„Keine Angst, bin schon weg.“ Grace warf den Kopf in den Nacken und verzog sich.

Aus dem Schulgebäude ertönte der Gong. Die Pause war zu Ende. Simon kaute und schluckte den letzten Happen hinunter.

„Ich muss los, ich hab jetzt Mathe-Förderklasse“, sagte er dann. „Wir sehen uns später auf der Ranch.“

Bevor Ruby widersprechen konnte, hob er die Hand, winkte ihr zu und rannte in die Schule.

Dienstags um vier fand auf der Ocean Ranch der Reitunterricht statt. Eigentlich war es gar kein richtiger Reitunterricht – bei Patrice lernte man nämlich nicht, wie man sein Pferd vom Trab in den Galopp brachte oder über Hindernisse sprang. Er wollte seinen Schülern vermitteln, was in den Pferden vorging und wie sie sich mit ihnen verständigen konnten.

„Wenn man das einmal begriffen hat, geht alles andere wie von selbst", sagte er oft.

Normalerweise war Ruby immer schon eine halbe Stunde vor dem Unterricht auf der Ranch, um Fantasy zu satteln. Aber heute war sie nicht in die Gänge gekommen.

Wenn ihre Mutter nicht gewesen wäre, hätte sie die Stunde vielleicht sogar ausfallen lassen. Aber Laura hatte Ruby um halb vier einfach den Reithelm in den Arm gedrückt und sie aus dem Haus geschoben.

„Hinterher fühlst du dich viel besser", hatte sie Ruby prophezeit.

Ruby fühlte sich jetzt schon besser. Sie schlang die Arme um den Hals von Fantasy und legte ihre Wange an das silberfarbene Fell.

Fantasys braunes Auge betrachtete sie liebevoll. Das andere Auge war blau. Für Pferdezüchter war das ein Makel, aber Ruby fand die verschiedenfarbigen Augen einfach nur wunderschön. Genau wie Fantasys weiche Mähne, die so schneeweiß war wie ihr Schweif.

Ruby schloss die Augen und sog den Duft der Stute ein. Eine Mischung aus frisch gemähtem Gras, salziger Seeluft und etwas Undefinierbarem.

Als Ruby mit dem Halfter in der Hand auf die große Pferdekoppel getreten war, war die Stute direkt auf sie zugetrabt. Das allein war ein Wunder. Denn bei ihrer ersten Begegnung war Fantasy furchtbar nervös und schreckhaft gewesen. Schnelle Bewegungen, laute Geräusche, fremde Personen, alles hatte sie geängstigt. Und wenn der Stress zu groß wurde, war sie ausgerastet und hatte um sich getreten.

Nach ein paar Wochen auf der Ocean Ranch war die Stute wie ausgewechselt. Ruby nahm sie jeden Dienstag zur Reitstunde mit in den Round-Pen und ging täglich mit ihr spazieren.

Hin und wieder zuckte Fantasy noch zusammen, wenn ein schriller Möwenschrei die Luft zerriss oder ein Hund kläffte. Aber sie versuchte nicht zu fliehen, sondern blieb ruhig stehen.

Vor einer Woche hatte Kelly zum ersten Mal einen Ausritt mit ihr ins Gelände gemacht. Ruby hatte den beiden neiderfüllt nachgesehen. Es fühlte sich nicht richtig an, dass Kelly mit Fantasy über den Strand galoppierte – und nicht sie selbst.

Ruby ließ ihre Hand über Fantasys silbrige Stirn gleiten. „Dann wollen wir mal“, sagte sie.

4

Emily

Drüben am Reitplatz zäumten Amanda, Madeleine und Noah aus ihrer Klasse gerade ihre Pferde auf. Simon wartete mit Chocolate am Halfter, bis ein Platz an der Stange frei wurde.

Jetzt nahm Madeleine Sultans Zügel von seinem Rücken und führte den Haflinger zum Reitplatz. Amanda folgte ihrer Freundin mit Dottie.

Bevor Simon zum Sattelplatz trat, drehte er sich um und winkte Ruby zu.

„Kommst du?", rief er zu ihr hinüber.

„Sofort." Aber bevor Ruby Fantasy das Halfter überziehen konnte, sah sie Kelly den schmalen Weg entlangeilen. Heute hatte sie ihre Haare zu zwei Zöpfen geflochten und trug ein buntes T-Shirt mit Batikmuster.

„Ruby!", rief sie. „Gut, dass ich dich erwische. Könntest du mir einen Gefallen tun?"

„Was denn für einen?"

„Kannst du Marlon für mich satteln? Amir wollte mir eigentlich helfen, aber er musste zum Zahnarzt. Meine Patientin kann jeden Moment hier eintreffen, ich schaff das nicht allein."

„Klar mach ich das." Ruby spürte, wie sich in ihrer Brust ein warmes Gefühl ausbreitete. Es war echt nett von Kelly, dass sie ausgerechnet Ruby bat, ihr zu helfen. Obwohl sie gestern alles vermasselt hatte.

„Nimmst du den Therapiesattel?", fragte Kelly. „Er hängt ganz hinten in der Kammer."

Fantasy war sichtlich betrübt, als Ruby wieder abzog, ohne sie mitzunehmen. Ruby spürte den enttäuschten Blick aus den verschiedenfarbigen Augen, während sie zur kleinen Koppel eilte, auf der Marlon graste. Rico war nirgends zu sehen, vermutlich stand das Paint Horse immer noch im Stall.

Eine Viertelstunde später hatte Ruby den weichen Spezialsattel mit den seitlichen Haltegriffen auf dem Rücken des Braunen befestigt. Er war mit einem Sozius versehen, sodass Kelly hinter ihren Patienten aufsitzen konnte, um sie festzuhalten.

Die Kinder, mit denen Kelly arbeitete, kamen aus ganz verschiedenen Gründen zu ihr. Einige hatten das Downsyndrom, andere hatten motorische Schwierigkeiten oder Lernstörungen. Aber allen schienen die Stunden einen Riesenspaß zu machen. Ruby hörte die Kinder oft laut juchzen, wenn Kelly mit ihnen in der Reithalle übte.

Ruby nahm Marlons Zügel und führte ihn zu Kelly, die auf den Stufen vor dem Haus in der Sonne saß. Vor ihr lag Arthur und döste vor sich hin. Als er die Hufschläge hörte, hob er verschlafen ein Augenlid, dann ließ er es wieder fallen.

„Danke, Ruby." Kelly stand auf und klopfte den Staub von ihrer Jeans. Sie überprüfte den Sitz des Sattels und nickte zufrieden. „Perfekt."

„Wann kommt deine Patientin denn?", fragte Ruby.

„Das würde ich auch gerne wissen." Kellys Gesicht verdüsterte sich. „Sie ist schon zehn Minuten zu spät."

„Vielleicht hat sie den Termin vergessen."

„Die wird doch gebracht." Kelly nagte an ihrer Unterlippe. „Und ihre Eltern haben die Stunde bestimmt nicht vergessen. Sie haben mich in den letzten Tagen mindestens zehnmal angerufen."

„Wieso das denn?"

„Sie wollten eben alles ganz genau wissen. Wie so eine Therapiestunde abläuft und ob auch wirklich alles sicher ist. Sie sind schrecklich besorgt um Emily." Kelly streichelte nachdenklich über Marlons weiße Blesse. „Kann man ja auch verstehen."

Bevor Ruby fragen konnte, was Emily eigentlich hatte, richteten sich Kellys helle Augen auf sie. „Könntest du Marlon vielleicht in die Halle bringen? Mir wäre es lieber, wenn ich Emily erst ein bisschen auf ihn vorbereiten kann. Nicht dass sie sofort Angst kriegt."

Ruby zögerte einen Moment. Sie hätte viel lieber hier draußen mit Kelly gewartet. Sie war jetzt echt neugierig auf diese Emily.

Kelly deutete ihr Zögern falsch. „Du willst zur Reitstunde, oder? Und ich halt dich hier die ganze Zeit auf."

„Nee", sagte Ruby hastig. „Ich setz heute mal aus, das ist überhaupt nicht schlimm. Ich kann ja nachher noch ein bisschen mit Fantasy spazieren gehen." Sie gab Marlon einen zärtlichen Klaps auf die Hinterhand und führte ihn weg.

Ruby überprüfte dreimal, ob der Knoten, mit dem sie Marlon angebunden hatte, wirklich fest war. Nicht dass der Wallach Emily gleich entgegengaloppierte, wenn sie die Halle betrat.

Als Ruby zurück in den Hof kam, bog gerade ein langer schwarzer Mercedes in die Einfahrt. Na endlich! Das musste Emily sein.

Das Fenster auf der Fahrerseite glitt nach unten. Ein braun gebrannter Mann mit grauen Schläfen streckte seinen Kopf heraus und blickte zu Kelly.

„Mrs Mackenzie?", fragte er.

„Einfach Kelly", sagte sie und trat näher. „Sie sind Mr Sullivan, nehm ich mal an."

„Ganz genau. Entschuldigen Sie die Verspätung. Wir haben ..." Er räusperte sich. „Es ging nicht früher."

Kelly nickte verständnisvoll. „Jetzt sind Sie ja da. Sie können Ihr Auto gerne vor unser Haus stellen."

Mr Sullivan parkte den Wagen, dann stiegen er und seine Frau aus. Sie sahen beide ziemlich gut aus, fand Ruby. Mr Sullivan war schon ein bisschen älter, aber er hatte nur ganz wenige Falten im Gesicht.

Seine Frau war sehr dünn und blond. Sie trug hochhackige Sandalen und ein wunderschönes rosa Blumenkleid.

Mrs Sullivan ging direkt zur hinteren Wagentür und zog sie auf. „Ich helf dir, Schätzchen ..." Weiter kam sie nicht.

„Ich kann ja wohl noch alleine aussteigen!",

erscholl es aus dem Inneren des Mercedes. Und dann kletterte ein Mädchen heraus.

Emily war ein bisschen jünger als Ruby. Sie hatte glänzende dunkelbraune Locken und helle grüne Augen, die genau in Rubys Richtung blickten.

Ruby hob unwillkürlich die Hand und winkte Emily zu, aber das Mädchen ignorierte sie einfach. Sie hielt einen langen Stock in der Hand. Vielleicht war mit ihren Beinen etwas nicht in Ordnung.

„Wer ist denn hier alles?", fragte sie mit ihrer durchdringenden Stimme.

Bevor Kelly oder irgendjemand anderes antworten konnte, trabte Arthur bellend los. Der Mercedes hatte ihn geweckt, nun wollte er sich die Neuankömmlinge mal genauer anschauen. Als Mrs Sullivan sah, dass Arthur auf Emily zustürmte, stieß sie einen gellenden Schrei aus.

„Weg!", schrie sie und stellte sich schützend vor ihre Tochter. „Verschwinde! Hau ab!"

Arthur, der gerade noch gewedelt hatte, klemmte den Schwanz zwischen die Beine und wich ein paar Schritte zurück. Ratlos blickte er sich zu Kelly um. Was hatte er denn falsch gemacht?

Kelly eilte zu ihm und packte ihn am Halsband. „Das ist Arthur", erklärte sie. „Er wollte nur mal Hallo sagen. Sorry, wenn er Emily erschreckt hat."

„Ich hab mich nicht erschreckt", erwiderte Emily verärgert. „Ich hab keine Angst vor Hunden. Kann ich ihn mal streicheln?"

„Er ist sehr groß, Liebes", sagte Mr Sullivan besorgt.

„Natürlich kannst du ihn streicheln", sagte Kelly im selben Moment. Und bevor Emilys Eltern widersprechen konnten, führte sie Arthur am Halsband zu dem Mädchen hin. „Platz!", befahl sie ihm, worauf er sich prompt auf den Boden plumpsen ließ.

Emily lehnte ihren Stock an den Wagen und ging neben Arthur in die Knie. Sie tastete mit beiden Händen über sein zotteliges Fell.

„Du bist wirklich ganz schön groß“, murmelte sie.

Arthur tat, was er in solchen Momenten immer tat: Er drehte sich auf den Rücken und streckte die Beine in die Luft. Emily stutzte einen Augenblick. Dann lachte sie und kraulte seinen Bauch.

„Was ist das für ein Hund?“, fragte sie.

„Ein Schäferhund“, sagte Kelly. „Ich bin übrigens Kelly. Und da hinten steht Ruby. Sie reitet hier und hat mir heute schon geholfen.“

„Hallo, Emily!“, rief Ruby. Sie lächelte, obwohl sie inzwischen begriffen hatte, dass Emily blind war.

„Hallo.“ Emily verzog ihr Gesicht ebenfalls zu einem Lächeln. „Okay“, sagte sie dann und erhob sich. „Können wir jetzt wieder nach Hause?“

5

Besorgte Eltern

Ein paar Sekunden lang herrschte verwirrtes Schweigen auf dem Hof. Man hörte nur noch Arthur hecheln, der sehr enttäuscht war, dass Emily schon wieder aufgehört hatte, ihn zu streicheln.

„Nach Hause?“, fragte Kelly. „Aber wir haben doch noch gar nicht angefangen.“

„Ich will auch gar nicht anfangen“, sagte Emily. „Ich hasse Pferde. Das mit der Therapie war Daddys Idee. Ich brauch das nicht. Mir geht's gut.“

„Warum hasst du Pferde?“, fragte Kelly.

„Die sind so dämlich. Und sie stinken.“

Kelly lächelte. „Unsere Pferde sind überhaupt nicht dämlich. Und ich finde, sie riechen richtig gut. Aber das ist natürlich Geschmackssache."

„Eben", sagte Emily und verzog das Gesicht.

„Ich mach dir einen Vorschlag", sagte Kelly. „Wir gehen einfach mal zusammen in die Halle und du guckst dir Marlon an. Das ist unser neues Pferd."

„Ich bin blind", sagte Emily. „Ich kann nicht gucken."

„Natürlich nicht." Kelly schlug sich mit der flachen Hand auf die Stirn. „Ich bin aber auch bescheuert. Also, ich würde dir Marlon gerne mal vorstellen. Du kannst ihn streicheln, so wie Arthur gerade eben."

„Und dann?"

„Nichts – und dann. Wenn er dir nicht gefällt, fahrt ihr wieder."

„Das ist doch ein wunderbarer Vorschlag, Emily!", rief Mr Sullivan übertrieben begeistert. „Ich bin total neugierig auf diesen Marlon."

Kelly sah ihn überrascht an. „Wollen Sie auch eine Reittherapie machen, Mr Sullivan?"

Emilys Vater lachte. „Ich doch nicht. Meine Tochter ist hier die Hauptperson."

„Na, dann würde ich doch vorschlagen, dass Emily und ich jetzt in die Halle gehen. Und Sie und Ihre Frau schauen sich ein bisschen hier um. Wenn Sie den Weg dort hinten bis zum Ende gehen, kommen Sie direkt zu den Klippen. Von dort hat man einen herrlichen Blick aufs Meer."

„Ich weiß nicht …" Mrs Sullivan blickte nervös zu ihrem Mann. „Emily kennt Sie doch noch gar nicht. Und sie hat auch keine Erfahrung mit Pferden."

„Alles klar", sagte Emily und griff nach ihrem Stock. „Gehen wir."

Emily legte ihre linke Hand auf Kellys Unterarm, in der rechten hielt sie ihren Stock. Sie ließ ihn vor sich hin und her wandern und tastete mit der weichen Spitze den Boden ab, während sie mit Kelly in Richtung Reithalle verschwand.

Ruby sah ihr beeindruckt nach, denn Emily bewegte sich total sicher und geschickt.

„Du liebe Zeit", hörte sie Mrs Sullivan flüstern.

„Ob das so eine gute Idee war? Wir wissen nichts über diese Frau."

„Sie müssen sich keine Sorgen machen", versuchte Ruby, sie zu beruhigen. „Kelly ist eine super Therapeutin und Marlon ist das liebste Pferd der Welt."

Mrs Sullivan nickte geistesabwesend, während sie besorgt zum Eingang der Reithalle starrte, in dem Kelly und ihre Tochter inzwischen verschwunden waren.

Ihr Mann legte den Arm um ihre Schulter. „Keine Angst, Schatz. Mrs Mackenzie genießt den besten Ruf. Die Raven Rippenstrucks haben sie mir wirklich wärmstens empfohlen."

Aber Mrs Sullivan schien auch ihm nicht richtig zuzuhören. Ihr sorgfältig geschminktes Gesicht war ganz blass. Sie schien jeden Moment damit zu rechnen, dass ein wildes Pferd aus der Halle preschte, mit der hilflosen Emily auf dem Rücken.

Ruby ließ die beiden stehen und schlenderte an der Scheune vorbei zum Reitplatz, der allerdings leer war.

Die Reitstunde war schon zu Ende. Nur Simon und Chocolate waren noch im Round-Pen. Amanda, Madeleine und Noah führten ihre Pferde gerade wieder zum Sattelplatz.

Dort stand Amir und sattelte das Quarter Horse Sancho. Er war ein ganzes Stück von Ruby entfernt, dennoch spürte sie, wie ihr Gesicht prompt wieder heiß wurde. Verflixt, wann hörte das eigentlich auf?

„Wo warst du?" Simon ritt mit Chocolate vom Reitplatz auf sie zu. „Patrice hat nach dir gefragt."

„Ich hab's nicht zum Unterricht geschafft, weil ich Kelly geholfen habe. Die neue Patientin ist gerade gekommen." Ruby erzählte Simon von Emily und ihren Eltern. „Ich würde zu gerne wissen, was Kelly jetzt mit ihr macht."

„Ich auch." Simon nickte. „Ich frag mich – ehrlich gesagt – auch, warum sie zur Reittherapie geht. Ich meine, davon werden ihre Augen doch auch nicht besser."

„Es geht ja gar nicht darum, dass sie blind ist." Amir war mit Sancho zu ihnen rübergekommen und hatte Simons Worte gehört.

„Sondern?", fragte Simon.

„Emily ist megaschwierig." Amir blieb direkt neben Ruby stehen. Das fühlte sich zugleich schön und unheimlich an. „Sie rastet oft aus."

„Woher weißt du das?", erkundigte sich Ruby erstaunt. „Kennst du sie?"

„Ein bisschen. Die Sullivans wohnen bei uns in der Straße. Wir haben nicht viel mit ihnen zu tun, aber wir hören Emily manchmal. Die kann vielleicht schreien."

„Wieso schreit sie denn?", fragte Ruby.

Amir zog die Brauen zusammen. „Wegen allem. Weil sie nicht in die Schule will oder weil ihr Kakao zu heiß ist oder weil es regnet. Die Eltern können einem echt leidtun."

„Vielleicht waren sie deshalb heute so spät dran", überlegte Ruby. „Weil Emily wieder einen Tobsuchtsanfall bekommen hat."

„Würde passen", sagte Amir. „Ich kann mir vorstellen, dass sie überhaupt keinen Bock auf die Therapie hat."

„War sie schon immer blind?", fragte Ruby.

„Nein." Amir schüttelte den Kopf. „Als sie auf die Welt kam, konnte sie noch sehen. Aber irgendwas ist mit ihren Augen nicht in Ordnung. Vor ein paar Jahren konnte sie noch einigermaßen gucken, aber inzwischen geht gar nichts mehr."

„Das ist ja schrecklich", flüsterte Ruby. „Da ist es echt kein Wunder, dass sie manchmal ausrastet."

Eine Zeit lang schwiegen sie alle drei. Dann zuckte Amir mit den Schultern und wechselte das Thema.

„Sollen wir mal los?", fragte er. „Ich muss nämlich um sechs zu Hause sein."

Er stellte seinen Fuß in den Steigbügel und schwang sich elegant in Sanchos Sattel.

„Okay." Simon blickte leicht verlegen zu Ruby herab. „Beim nächsten Mal kommst du auch mit, Ruby."

Amirs nachtschwarze Augen musterten sie für einen Moment. Ruby fragte sich, was er dachte. Ob er sich ebenfalls wünschte, dass sie mit ihnen ausritt? Oder war er ganz froh, dass er und Simon ihre Ruhe hatten?

Eigentlich wollte sie es lieber doch nicht wissen.

Als die beiden weg waren, kamen Kelly und Emily aus der Reithalle. Die Therapie wirkte offensichtlich jetzt schon, Emily sah nämlich total fröhlich aus und quatschte vergnügt mit Kelly.

Ruby wollte gerade zu ihnen gehen, als Mr und Mrs Sullivan über den Hof eilten und auf ihre Tochter zustürzten.

„Wie ist es gelaufen, Emilinchen?", rief Mr Sullivan.

„Geht es dir gut?", erkundigte sich seine Frau.

Emilys Gesicht verfinsterte sich von einer Sekunde auf die andere. Sie klappte den Mund zu und presste die Lippen aufeinander.

„War es nicht schön, Schätzchen?", fragte

Mrs Sullivan und strich ihr liebevoll über die braunen Locken.

„Total blöd", erklärte Emily. „Können wir jetzt endlich nach Hause?"

Kelly und Ruby sahen dem Mercedes nach, der langsam vom Hof fuhr.

„War es wirklich so doof?", fragte Ruby.

Kelly lachte. „Überhaupt nicht. Emily hat super auf Marlon reagiert, sie ist sogar ein paar Runden geritten."

„Aber?"

Kelly seufzte und schwieg einen Moment lang. „Vielleicht wäre es wirklich besser gewesen, wenn ich mit Emilys Eltern gearbeitet hätte und sie wäre draußen bei euch geblieben."

„Wie meinst du das?", fragte Ruby, aber Kelly antwortete nicht, weil jetzt Patrice aus dem Stall kam.

„Wie war deine erste Stunde mit Emily?", fragte er Kelly.

„Gar nicht mal so schlecht", sagte sie. „Aber die Eltern …"

Er nickte.

„Sie machen sich Sorgen um Emily", sagte Ruby. „Das ist ja wohl klar, oder? Es muss schrecklich sein, wenn man nichts sehen kann."

„Hoffentlich kommen sie wieder", sagte Patrice. Dann wanderte der Blick seiner mandelförmigen Augen zu Ruby. „Warum warst du nicht auf dem Reitplatz?"

„Sie hat mir mit Marlon geholfen", erwiderte Kelly an Rubys Stelle. „Danke noch mal, Ruby."

„Bitte", sagte Ruby. „Ich geh jetzt mit Fantasy spazieren."

„Wir können die Stunde morgen nachholen", sagte Patrice.

Ruby sah ihn überrascht an. Es kam öfter vor, dass einer der Schüler eine Stunde verpasste, aber normalerweise wurde sie nicht nachgeholt. Man machte einfach beim nächsten Mal wieder mit, die Übungen wiederholten sich eh ständig.

„Okay", sagte sie zögernd.

„Vier Uhr?", fragte Patrice. Als Ruby nickte, legte er Kelly kurz die Hand auf die Schulter und ging ins Haus.

6 Schweißausbrüche

Als Ruby Fantasy in den Round-Pen führte, in dem Patrice auf sie wartete, schlug ihr Herz bis zum Hals. Sie war den ganzen Tag schon schrecklich nervös gewesen.

Beim Frühstück hatte sie ihre Müslischale umgeworfen und im Kunstunterricht war ihr das Wasserglas umgekippt und hatte ihr fertiges Bild zerstört. Bis auf das eine Mal, als Ruby Patrice vorgeritten hatte – das Ganze war furchtbar schiefgegangen –, war sie noch nie mit ihm allein auf dem Reitplatz gewesen. Sie fragte sich, was er von ihr erwartete.

Heute sollte sie auf jeden Fall nicht vorreiten,

das stand schon mal fest. Fantasy trug nämlich weder Sattel noch das Sidepull, das man auf der Ocean Ranch anstelle eines klassischen Gebisses verwendete. Patrice hatte Ruby angewiesen, ihr nur ein Knotenhalfter anzulegen. Es waren auch keine Pylonen oder Stangen auf dem Platz verteilt, mit denen sie sonst immer arbeiteten.

„Hey, ganz cool", sagte Patrice. Offensichtlich war ihm nicht entgangen, wie aufgeregt sie war.

Sie versuchte ein Lächeln und merkte, dass es ihr verrutschte.

„Was soll ich denn machen?", fragte sie.

„Wir fangen einfach mal mit dem Circling Game an."

Ruby stellte sich in die Mitte des runden Platzes und ließ Fantasy in einem weiten Bogen um sich herumlaufen. Die Stute, die Ruby vorher mit ihrer Nervosität angesteckt hatte, begann sich merklich zu entspannen. Fantasys Trab wurde immer lockerer, der Kopf senkte sich nach unten. Auch Ruby wurde ruhiger. Fantasy und sie waren ein super Team, das wusste sie und das würde auch Patrice sehen.

„Okay, dann ruf sie jetzt mal zu dir", sagte er.

Ruby wusste, dass *rufen* in diesem Fall nicht wörtlich gemeint war. Um mit Pferden zu sprechen, benutzte man den ganzen Körper. Sie straffte die Schultern, trat einen Schritt nach außen und streckte ihre Hand nach Fantasy aus.

Die Stute reagierte sofort. Sie verlangsamte ihr Tempo. Einen Moment zögerte sie noch, dann ging sie auf Ruby zu. Wie von einer unsichtbaren Schnur gezogen, näherte sie sich Schritt für Schritt. Als Ruby die Hand auf ihre Stirn legte, blieb sie stehen.

„Erstaunlich", sagte Patrice, während Ruby Fantasy lobte.

Ruby spürte, wie sie rot vor Freude wurde.

Danach schickte sie Fantasy wieder auf den Zirkel. Sie ließ sie im Kreis gehen, traben, galoppieren und die Richtung wechseln, ohne sie auch nur ein einziges Mal zu berühren.

Patrice gab Ruby hin und wieder eine Anweisung, ansonsten hielt er sich vollkommen zurück. Er war zufrieden mit ihr, das spürte sie ganz genau. Dennoch begann ihr Herz sofort wieder aufgeregt zu hämmern, als er schließlich die Hand hob.

„Danke, Ruby", sagte er. „Du kannst Fantasy zurück auf die Koppel bringen."

Das war's schon? Ruby schielte auf ihre Uhr. Sie war noch keine zwanzig Minuten auf dem Reitplatz. Eine seltsame Mischung aus Erleichterung und Enttäuschung machte sich in ihr breit.

„Ich möchte, dass du Sultan holst. Leg ihm einfach Fantasys Halfter um, das genügt."

„Sultan?" Ruby spürte, wie sich ihre Kehle zusammenzog.

„Das ist unser Haflinger." Die Antwort war ironisch gemeint, natürlich kannte Ruby Sultan.

„Ich weiß", krächzte Ruby. „Aber ich hab noch nie mit ihm gearbeitet."

„Er ist ganz harmlos." Auch das war Ruby klar. Sultan war nicht nur lammfromm, sondern vor allem auch sorgfältig ausgebildet worden. Amanda und Madeleine freuten sich jedes Mal, wenn sie auf ihm reiten durften.

Aber Ruby ging immer nur mit Fantasy in den Round-Pen. Sie und die Stute gehörten zusammen. Nicht einmal bei Patrice war Fantasy so entspannt und losgelassen wie bei Ruby.

„Keine Sorge, Ruby." Patrice nickte ihr freundlich zu. „Wir schauen einfach mal, was passiert."

Trotz der Aufmunterung war Ruby schweißgebadet, als sie Sultan kurz danach auf den Reitplatz führte. Zu ihrer Erleichterung gehorchte er auf Anhieb, als sie ihn auf den Zirkel schickte. Er trabte erst langsam und beschleunigte sein Tempo, als sie mit der Zunge schnalzte und ein paar schnelle Schritte machte.

„Jetzt hol ihn zu dir", sagte Patrice, der die Arme vor der Brust verschränkt hatte.

Wie eben bei Fantasy machte Ruby einen kleinen Schritt nach vorn, als wollte sie Sultan den Weg versperren. Im Gegensatz zu Fantasy wurde der Haflinger nicht langsamer, er erweiterte nur seinen Bogen und trabte noch enger an der Absperrung entlang.

Sie machte ein Kussgeräusch, um seine Aufmerksamkeit zu bekommen, und bemerkte aus dem Augenwinkel, wie Patrice die Brauen zusammenzog. Bei der Bodenarbeit im Round-Pen sollten sie so wenige Geräusche wie möglich machen. Es kam nur auf die Körpersprache an.

Zumindest hatte Sultan jetzt registriert, dass Ruby etwas von ihm wollte. Seine Ohren spielten und er schüttelte den Kopf. Ruby trat noch weiter nach vorn und drehte gleichzeitig die rechte Schulter nach links, sodass sie ihm fast frontal gegenüberstand.

Der Haflinger schnaubte, schlug eine Volte und änderte die Laufrichtung, statt rechtsherum trabte er nun nach links. Patrice lachte laut auf, während Ruby das Blut ins Gesicht schoss. Mist! Bei Fantasy war alles so einfach gewesen, wieso klappte es bei Sultan nicht auch?

„Komm mal zu mir, Ruby", sagte Patrice.

Während sie sich an den Rand der Reitbahn verzog, ging er in die Mitte und nahm ihre Position ein. Er ließ Sultan zuerst ein paar Runden traben. Dann machte Patrice sich klein, er schob die Schultern nach vorn und zog den Kopf ein. Das Pferd hob sofort den hellbraunen Kopf, die Ohren wanderten ebenfalls nach oben.

Patrice machte einen kleinen Schritt nach hinten, dann noch einen und Sultan ging auf ihn zu. Kurz bevor er Patrice erreicht hatte, blieb er stehen. Sein Maul kaute, die Ohren spielten – ein Zeichen dafür, dass er entspannt und zufrieden war.

Patrice strich ihm durch die weißblonde Mähne und klopfte seinen Hals. Dann drehte er sich zu Ruby um.

„Willst du es noch mal probieren?", fragte er.

Sie ging wieder in die Mitte und versuchte, Patrices Bewegungen genau zu imitieren. Sie duckte sich und ging dabei langsam zurück. Beim dritten Anlauf trottete Sultan endlich auf sie zu.

„Na also", sagte Patrice.

Danach sollte sie Sultan dazu bringen, rückwärts von ihr wegzugehen. Bei ihren Spaziergängen hatte Ruby das schon ein paarmal mit Fantasy gemacht, bei dem Haflinger misslang auch diese Übung vollkommen. Sultan verstand einfach nicht, was sie von ihm wollte.

Ihre immer hektischer werdenden Kommandos brachten ihn so durcheinander, dass er schließlich einfach stehen blieb und an einem Grasbüschel zu knabbern begann, das durch die Sägemehlschicht am Boden wuchs.

„Okay, Feierabend“, sagte Patrice. „Bring ihn zurück auf die Koppel und dann reden wir. Ich bin in der Küche.“

Ruby wusste genau, was Patrice ihr sagen wollte. Während sie den Haflinger zu den anderen Pferden auf die Weide brachte, hörte sie die Worte schon in ihrem Kopf: *Dir fehlt jegliches Gefühl für Pferde, Ruby. Als Pferdeflüsterin bist du eine absolute Anfängerin.*

Ruby spürte eine sanfte Berührung an der Schulter und als sie sich umdrehte, sah sie Fantasy, die sich unbemerkt genähert hatte. Die Stute stupste ihren silbernen Kopf gegen Rubys Arm.

Einen Moment lang lehnte Ruby die Stirn gegen ihren Kopf. Sie fühlte sich so traurig und mutlos wie schon seit Langem nicht mehr.

„Patrice wird uns nie zusammen ausreiten lassen“, murmelte sie.

Fantasy schnaubte zärtlich, aber das Geräusch tröstete Ruby nicht, es machte sie wütend. Vielleicht hatte sie ja wirklich keine Ahnung von Pferden. Na und? Von Fantasy hatte sie Ahnung, Ruby und die Stute verstanden sich blind. Und allein das zählte, sie wollte schließlich nicht mit Sultan ausreiten.

Sie umarmte Fantasy und sog ihren unverwechselbaren Duft ein. Dann machte sie sich auf den Weg zum Hof.

Ich brauche eine Strategie, dachte Ruby, während sie auf das niedrige Farmhaus zuging, das vor Jahrhunderten aus großen schweren Steinblöcken gebaut worden war. Das dunkle Reetdach saß auf den Mauern wie ein ausgebeulter Hut.

Vielleicht musste sie Patrice daran erinnern, dass er Fantasy nur Ruby zu verdanken hatte. Ohne sie hätte er sich die wertvolle Stute nämlich gar nicht leisten können. Ruby straffte die Schultern und schob entschlossen das Kinn nach vorn.

„Auf in den Kampf“, flüsterte sie.

7

Im Sattel!

Von innen wirkte das Haus noch älter als von außen. Der dunkle Flur, der in die Küche führte, war mit schweren Steinplatten ausgelegt. An der Decke zogen sich dicke schwarze Holzbalken entlang.

Die Küche war dagegen hell und freundlich. Die Wände waren unverputzt, an einigen Stellen war das Mauerwerk zu sehen. Vor den alten Sprossenfenstern hingen bunte Vorhänge und überall standen Topfpflanzen und Vasen mit Wiesenblumen.

Arthur lag quer vor der Türschwelle.

Ruby musste über ihn drüberklettern, um in die Küche zu kommen. Als sie auf der anderen Seite war, stand der Schäferhund auf, gähnte herzhaft und schüttelte sich. Dann ging er zu Patrice, der an dem alten Holztisch saß. Er legte den großen Kopf auf Patrices Bein, das gar nicht sein richtiges Bein war, sondern eine Prothese.

„Da bist du ja." Patrice lächelte Ruby an, während er Arthurs Ohren kraulte.

Sie nickte nur kurz. Im Flur hatte sie sich ein paar Sätze zurechtgelegt, die sie Patrice jetzt genau so sagen würde. Sie holte tief Luft.

„Limonade?", fragte Patrice, bevor sie loslegen konnte. Ohne ihre Antwort abzuwarten, schenkte er ihr ein Glas aus dem Krug ein, der auf dem Tisch stand. Er wies einladend auf den Stuhl auf der anderen Seite des Tisches, aber Ruby setzte sich nicht.

„Ich kann vielleicht nicht so gut mit Pferden umgehen, aber mit Fantasy schon", platzte sie heraus. „Und das ist ja wohl das Wichtigste."

Patrice hob die Augenbrauen, während er zu

seinem Glas griff und einen Schluck Limonade trank.

„Und reiten kann ich auch." Leider zitterte Rubys Stimme ein bisschen. Sie räusperte sich. „Meine Technik ist eben anders als deine."

„Allerdings", sagte Patrice trocken.

„Aber es funktioniert", sagte Ruby. „Kannst du mir einen Grund sagen, warum ich nicht auf Fantasy ausreiten darf?"

„Ich wüsste keinen", erklärte Patrice.

Das nahm ihr völlig den Wind aus den Segeln. Der Rest ihrer vorbereiteten Rede löste sich in Luft auf.

„Was?", fragte sie irritiert.

„Fantasy versteht dich blind", sagte Patrice. „Obwohl du wirklich keinen blassen Schimmer hast, wie man mit Pferden kommuniziert."

Was sollte das denn jetzt heißen? Ruby verschränkte die Arme vor der Brust und starrte Patrice wütend an.

„Setz dich doch einfach mal", sagte er.

Sie zögerte einen Moment lang, dann zog sie den Stuhl zurück und nahm Platz.

„Also", begann Patrice. „Als du vorhin mit Fantasy im Round-Pen warst, hast du alles falsch gemacht, was man nur falsch machen kann." Bevor Ruby etwas entgegnen konnte, hob er die Hand und brachte sie zum Schweigen. „Du solltest sie zu dir holen. Doch anstatt dich kleiner zu machen, hast du dich aufgerichtet. Dann bist du einen Schritt auf sie zugegangen. Für Pferde ist das ein Signal zurückzuweichen. Du hast sogar noch die Hand nach ihr ausgestreckt. Auch das treibt ein Tier von dir weg. Aber Fantasy ist nicht abgehauen, sondern hat sich dir genähert."

„Genau", sagte Ruby trotzig. „Lief doch alles perfekt."

„Die Methode war verkehrt, das Ergebnis stimmte." Patrice zuckte mit den Schultern. Er griff wieder zu seinem Glas, trank und wischte sich mit dem Handrücken über den Mund. „Bei Fantasy funktioniert die Verständigung einwandfrei. Aber bei Sultan ging leider gar nichts. Du hast ihn total verwirrt. Und bei den anderen Pferden wäre es genauso, da bin ich mir sicher."

Rubys Kehle war plötzlich eng und super trocken. Sie trank nun doch einen Schluck. Patrice bereitete die Limonade immer selbst zu, aus frischer Minze, Limonen und braunem Zucker. Normalerweise mochte Ruby sie total gern, aber heute schmeckte sie überhaupt nicht.

„Die Frage ist, was du willst, Ruby", fuhr Patrice fort.

„Wie jetzt?" Sie sah ihn verständnislos an.

„Willst du überhaupt lernen, wie man mit Pferden kommuniziert? Oder geht es dir nur darum, Fantasy zu reiten?"

Sie blickte ihn ein paar Sekunden schweigend an, während ihr Kopf anfing zu rattern.

Seit Wochen sehnte sie sich nach nichts anderem, als mit Fantasy den Strand entlangzureiten. Allerdings wurmte es sie schon, dass sie bei der Arbeit mit den Pferden komplett versagte. Selbst Madeleine, die erst seit einem halben Jahr zur Ocean Ranch ging, gelangen die Übungen im Round-Pen besser als Ruby.

In ihrem früheren Reitstall hatte sie gelernt,

Pferde zu dressieren und auf ihnen über möglichst hohe Hindernisse zu springen. Die Tiere selbst waren nur Mittel zum Zweck gewesen. In der Ocean Ranch ging es darum, sich in die Pferdeseelen einzufühlen. Wollte sie das können?

Ja, dachte Ruby.

Patrices dunkle Augen musterten sie unverwandt. Er wartete auf eine Antwort.

„Beides", stieß Ruby hervor. „Aber ich will vor allem nicht mehr länger warten. Ich möchte endlich mit Fantasy ins Gelände."

Patrice schob Arthurs Kopf von seinem Bein und stand auf.

„Dann machen wir das doch", sagte er. „Kommst du?"

Ruby riss die Augen auf. „Du meinst …?" Weiter kam sie nicht, weil Kelly in die Küche trat, mit dem Handy am Ohr.

„Ich freue mich sehr, Mr Sullivan", sagte sie. „Das ist toll, dass Emily weitermachen möchte."

Mr Sullivans Stimme quäkte aus dem Hörer. Er klang sehr aufgeregt.

Ruby sah, wie Kelly und Patrice einen Blick wechselten und Kelly kurz die Augen verdrehte.

„Das geht leider nicht", erwiderte sie dann. „Wenn ich mit Emily arbeiten soll, müssen Sie sich an meine Regeln halten und nicht umgekehrt." Sie machte eine kurze Pause. „Das bedeutet konkret: Der Hund bleibt auf dem Hof und er wird weder angebunden noch eingesperrt. Arthur ist vollkommen ungefährlich und Emily hat ja auch selbst gesagt, dass sie keine Angst vor ihm hat."

Als Arthur seinen Namen hörte, galoppierte er freudig auf Kelly zu und wedelte sie mit seinem Schwanz fast um. Kelly wuschelte ihm geistesabwesend durchs Fell.

„Zweitens: Ich arbeite allein mit Ihrer Tochter und entscheide während der Therapie, wie ich vorgehe", fuhr Kelly fort. „Natürlich werde ich alle Maßnahmen und Schritte mit Ihnen und Ihrer Frau besprechen. Sie können die Therapie jederzeit abbrechen. Ich übrigens auch." Sie machte wieder eine Pause, in der Mr Sullivans Stimme erneut erklang.

„Ich bin überhaupt nicht aggressiv“, sagte Kelly. „Ich möchte nur, dass es zwischen uns keine Missverständnisse gibt.“ Sie drehte Patrice und Ruby den Rücken zu, trat ans Fenster und blickte hinaus. „Da ist noch ein letzter Punkt: In den Therapiestunden muss Emily sich an meine Regeln halten. Wir arbeiten mit Tieren, es ist wichtig, dass sie immer auf mich hört.“

Jetzt war wieder Mr Sullivans Stimme zu vernehmen.

„Gut“, erklärte Kelly. „Besprechen Sie die Sache einfach mit Emily und Ihrer Frau. Mir genügt es, wenn Sie mir morgen Bescheid geben. Einen schönen Tag noch, Mr Sullivan.“ Sie beendete das Gespräch, bevor Mr Sullivan erneut loslegen konnte.

„Puh“, murmelte sie erschöpft.

„Du hast es nicht leicht“, sagte Patrice.

„Ja, der Typ ist so was von anstrengend.“ Kelly ging zum Tisch und ließ sich auf einen Stuhl fallen.

„Vielleicht musst du ihn doch mal mit in die Halle nehmen", sagte Ruby. „Oder Mrs Sullivan. Dann sehen sie, dass sie sich keine Sorgen machen müssen."

Kelly schüttelte den Kopf. „Ich arbeite mit Emily und nicht mit ihren Eltern. Und ohne Vertrauen ist jede Therapie sinnlos." Sie seufzte. „Aber vielleicht sollte ich die Sache besser absagen", fügte sie nachdenklich hinzu.

„Das darfst du nicht!", rief Ruby entgeistert. „Emily braucht dich doch."

„Was wollte Mr Sullivan denn genau?", erkundigte sich Patrice.

Kelly schnappte sich den Limonadenkrug und schenkte sich ein Glas ein. „Er hat mir eine Reihe von Bedingungen gestellt. Zum Beispiel, dass Arthur nicht auf den Hof darf, wenn Emily kommt. Und dass ich die Therapiestunden filmen soll, wenn er und seine Frau schon nicht dabei sein dürfen."

„Aber du hast dich nicht darauf eingelassen." Patrice trat hinter ihren Stuhl und massierte ihr den Nacken.

„Natürlich nicht."

„Vielleicht sagen sie ja selber ab", meinte Patrice.

Wieder seufzte Kelly. „Für Emily wäre das echt schade. Aber für mich …" Sie unterbrach sich, legte den Kopf in den Nacken und sah ihren Freund an. „Und ihr so?"

„Wir reiten jetzt aus", sagte Patrice. „Oder, Ruby?"

Anstelle einer Antwort strahlte Ruby ihn an.

Kelly nickte zufrieden. „Das war ja wohl überfällig."

Da war Ruby ganz ihrer Meinung.

Ruby kam es vor, als würde sie zum ersten Mal in ihrem Leben im Sattel sitzen. So neu fühlte es sich an, aber auch so beunruhigend.

Fantasy trabte voller Begeisterung am Strand entlang. Immer wieder warf sie den Kopf nach oben und schüttelte die weiße Mähne. Ruby musste ständig die Zügel annehmen, damit die Stute nicht losgaloppierte und Patrices Pferd Branco weit hinter sich ließ.

Im Gegensatz zu Fantasy war Ruby total angespannt. Wenn sie jetzt etwas falsch machte, würde Patrice seine Entscheidung sofort wieder zurücknehmen. Und dann konnte Ruby morgen wieder neben Fantasy herlatschen, anstatt auf ihrem Rücken zu sitzen.

„Schön hier, oder?" Patrice schien ihre Nervosität nicht zu bemerken. Er drehte sich im Sattel und ließ seinen Blick über das Meer schweifen, das wie ein riesiger glänzender Spiegel in der Nachmittagssonne lag. Am blauen Himmel trieben ein paar Wolken. Arthur jagte am Ufer entlang, in der Hoffnung, eine der Möwen zu erwischen, die dicht über die Wasseroberfläche schossen. Die Vögel machten sich einen Spaß daraus, den Schäferhund ganz nah an sich herankommen zu lassen. Im letzten Moment stiegen sie mit einem spöttischen Schrei in den Himmel und Arthur schnappte ins Leere.

„Er gibt nicht auf." Patrice schüttelte den Kopf. „Wenn er mal aus Versehen eine fängt, kriegt er bestimmt einen Herzinfarkt." Dann wanderte sein Blick zu Ruby.

„Ist das alles?", fragte er.

Ihre Hände wurden von einer Sekunde auf die andere schweißnass vor Schreck.

„W-w-wieso?", stammelte Ruby. Unwillkürlich zog sie die Schultern nach hinten, hob den Kopf und drückte die Fersen nach unten. Beim Reiten bildet der Körper eine gerade Linie, das hatte ihr ihre frühere Reitlehrerin immer eingetrichtert. Aber all diese Regeln galten hier nicht, fiel Ruby dann wieder ein. Auf der Ocean Ranch war alles anders als in Berlin.

„Du bist so lahm", sagte Patrice. Er verlagerte sein Gewicht nach vorn und brachte seinen wunderschönen dunkelbraunen Lusitano-Hengst in den Galopp.

Fantasy stieß ein aufgeregtes Schnauben aus. Und jetzt endlich ließ Ruby die Zügel nach und beugte sich ebenfalls nach vorn.

Als Fantasy losgaloppierte, durchströmte Ruby

ein so unbändiges Glücksgefühl, dass es fast wehtat. Am Meer begann Arthur laut zu bellen, als spürte er ihre Freude. Ruby stemmte sich in den Steigbügeln nach oben und jubelte.

8

Ein Gespräch am Meer

Sie ritten eine ganze Weile am Strand entlang, dann schlug Patrice einen Pfad ein, der in Schlangenlinien die Klippen hochführte. Er war so schmal, dass sie hintereinander reiten mussten. Arthur folgte als Letzter.

Oben angekommen, lenkte Patrice Branco dicht an den Rand der Klippen. Ruby brachte Fantasy neben ihm zum Stehen – und schnappte nach Luft.

Die Aussicht war grandios. Von den hellen Felsen, die steil zum Strand hin abfielen, hatte man einen weiten Blick über das Meer, das tief unter ihnen türkisblau leuchtete. In einiger Entfernung war eine kleine Insel zu sehen, auf der ein Leuchtturm stand. Die rote Spitze des weißen Turms reckte sich in den Himmel wie ein lackierter Fingernagel.

„Bist du zum ersten Mal hier oben?", fragte Patrice.

Ruby nickte. Bei den Spaziergängen mit Fantasy war sie nie so weit gegangen.

„Komm." Patrice wendete Branco und steuerte ihn zurück auf den Pfad.

Sie trabten eine Zeit lang über die Felsen. Der steinige Boden war mit Flechten und Moos bedeckt, hier und da wuchsen Disteln und wunderschöne Wildblumen. Dann führte der Weg wieder nach unten.

Er endete in einer kleinen windgeschützten Bucht. Auf dem weißen Sand waren keine Fußspuren zu sehen, nur die sternförmigen Abdrücke von Vogelkrallen und die Wellenmuster, die das Meer hinterlassen hatte. Ein kaputtes Ruderboot lag mitten auf dem Strand.

Patrice ließ sich aus dem Sattel gleiten, legte

die Zügel auf Brancos Rücken und setzte sich etwas umständlich in den Sand. Ruby stieg ebenfalls ab.

„Sollen wir die Pferde nicht festmachen?“, fragte sie.

„Ich kann mir nicht vorstellen, dass sie wegschwimmen“, erwiderte Patrice, ohne die Augen vom Meer zu wenden.

Branco knabberte bereits an dem sonnengebleichten Strandhafer, der am Rand der Klippen aus dem Sand wucherte. Als Ruby Fantasy losließ, trottete die Stute zu ihm und begann ebenfalls zu fressen.

Arthur ließ sich neben dem Boot in den Sand fallen und schloss erschöpft die Augen. Die vergebliche Möwenjagd hatte ihn fertiggemacht.

Ruby setzte sich neben Patrice, der ganz in den Anblick des Meeres versunken schien. Die Wellen schwappten sanft hin und her. Es sah aus, als ob das Wasser atmete. Lange sagte keiner ein Wort. Ruby war sich sicher, dass Patrice oft hierherkam. Und dass er meistens alleine war. Sie war sehr froh, dass er sie mitgenommen hatte.

Die Sonnenstrahlen glitzerten auf der Wasseroberfläche. Ruby musste plötzlich an Emily denken, die all diese wunderbaren Dinge nicht sehen konnte. Ihre Brust wurde ganz eng. Es war bestimmt schrecklich, blind zu sein. Unwillkürlich entfuhr ihr ein tiefes Seufzen.

Patrice sah sie verwundert an. „Was ist?"

„Nichts. Ich hab nur gerade an Emily gedacht."

Er nickte und richtete die Augen wieder aufs Meer.

„Sie tut mir so schrecklich leid", flüsterte Ruby.

Patrice rieb seinen Vollbart. „Das Letzte, was Emily braucht, ist Mitleid. Das bekommt sie von ihren Eltern schon genug."

Das klang so hart und herzlos, dass Ruby ein kalter Schauer über den Rücken lief. Sie nagte ratlos an ihrer Unterlippe. Was sollte sie darauf sagen?

„Für mich war das nach dem Unfall das Schlimmste", fuhr Patrice fort, ohne den Blick vom Wasser zu wenden. „Das Mitleid meiner Familie. Und dass mich alle plötzlich nur noch mit Samthandschuhen angefasst haben. Ich konnte mich wie der letzte Mistkerl benehmen, keiner hat mich zurechtgewiesen. Oder mir eine reingehauen." Er lachte leise. „Dabei hätte ich es echt verdient." Er runzelte die Stirn, während er seinen Nacken massierte. „Ich hätte beinahe nicht nur mein Bein verloren, sondern auch alles andere, was mir wichtig ist. Meine Freunde. Meine Liebe zu den Pferden. Meine kleine Schwester, Isabelle. Ich hatte jahrelang keinen Kontakt zu ihr."

„Was ist damals eigentlich geschehen?", fragte Ruby. „Hattest du einen Turnierunfall?"

Er schüttelte den Kopf. „Es ist gar nicht beim Reiten passiert. Ich bin am Abend vor einem Turnier zu meiner Stute Chenoa in den Stall und sie ist ausgerastet. Hätte mich fast zu Tode getrampelt."

„Was?", fragte Ruby entsetzt. „Einfach so?"

„Nein, nicht einfach so. Chenoa war total durch den Wind. Heute würde ich viel früher merken, dass mit ihr etwas nicht stimmt. Aber damals hatte ich keine Ahnung von Pferden. Trotz der ganzen Reiterei." Er schnaubte verächtlich.

Genau wie ich, dachte Ruby.

„Deshalb bist du Pferdeflüsterer geworden."

„Es hat eine Weile gedauert, bis ich erkannt habe, dass das mein Weg ist. Aber es stimmt – der Unfall hat mir klargemacht, dass ich nichts über Pferde weiß."

„Was ist aus Chenoa geworden?"

Patrices Gesicht hellte sich auf. „Meine Schwester Isabelle reitet sie heute. Und ich habe Branco – er war früher Isabelles Pferd." Patrice drehte den Kopf zu dem Lusitano-Hengst, der gerade ein paar lange Grashalme vertilgte.

„Ihr habt getauscht. Das ist ja schön."

Patrice nickte versonnen. „Ich hatte Riesenglück. Nach dem Unfall bin ich in Selbstmitleid versunken, aber im entscheidenden Moment hat mir jemand den Kopf gewaschen. Das hat mich zur Besinnung gebracht." Er sah Ruby nachdenklich an. „Mitleid fühlt sich manchmal ganz gut an. Es bringt einen nur nicht weiter."

„Aber bei Emily ist es doch was anderes", sagte Ruby.

„Natürlich. Doch es wäre besser für sie, wenn man sie ernst nähme. Und fordert, anstatt sie wie ein rohes Ei zu behandeln." Er stützte sich mit den Händen im Sand auf und erhob sich. „Ich glaube, wir sollten mal langsam zurück. Sonst schicken sie eine Suchmannschaft nach uns aus."

„Okay." Ruby stand ebenfalls auf.

Als sie wieder im Sattel saßen, nahm sie ihren ganzen Mut zusammen. „Darf ich jetzt eigentlich immer ausreiten?"

Patrice lächelte. „Ja, solange einer von uns dabei ist. Oder Simon und Amir. Und ich möchte, dass du fürs Erste nur auf Fantasy reitest."

„Kein Problem." Ruby beugte sich nach vorn und klopfte den silberweißen Hals der Stute. „Ich will sowieso kein anderes Pferd."

Simon freute sich riesig, als er hörte, dass Ruby jetzt ebenfalls ins Gelände durfte. Den Rest der Woche trafen sie sich jeden Nachmittag auf der Ocean Ranch und ritten zusammen aus. Einmal war auch Amanda dabei und ein anderes Mal begleitete sie Patrice.

Nur Amir hatte leider keine Zeit. Jedes Mal, wenn Simon ihn fragte, ob er nicht mitreiten wollte, hatte er etwas anderes vor. Entweder er musste noch Hausaufgaben machen oder eine Box ausmisten oder seine Mutter wollte mit ihm einkaufen gehen.

Alles Vorwände, dachte Ruby.

Früher war Amir ständig mit Simon unterwegs gewesen. Er hatte einfach keinen Bock auf Ruby, so sah es aus.

Heute war Samstag und Ruby und Simon hatten gerade ihre Pferde gesattelt, als Kelly über den Hof kam. Sie hielt Zigzag auf dem Arm und kraulte die schnurrende Katze.

„Wir reiten aus. Kommst du mit?", erkundigte sich Simon.

Kelly seufzte. „Keine Zeit. Dabei hätte ich solche Lust. Ich bin schon eine Ewigkeit nicht mehr geritten. Leider platzt mein Terminkalender aus allen Nähten."

„Es ist doch Wochenende", sagte Ruby.

„Ich weiß." Kelly zog die Mundwinkel nach unten. „Aber ich hab eine Menge Bürokram zu erledigen und später kommt Emily zu einer Therapiestunde. Wir haben einfach keinen anderen Termin gefunden."

Die Sullivans hatten sich nämlich entschlossen, Emily gleich zweimal die Woche zur Reittherapie zu schicken.

„Wie läuft es denn so mit ihr?", fragte Ruby, während sie sich auf Fantasys Rücken schwang.

„Super", erwiderte Kelly. „Aber mehr wird nicht verraten. Ich rede grundsätzlich nicht über meine Patienten."

„Dann fragen wir Emily einfach selber", erklärte Simon.

„Macht das unbedingt!" Kellys Gesicht leuchtete auf. „Ich fände es toll, wenn ihr euch mit ihr anfreunden würdet. Emily hat viel zu wenig Kontakt zu anderen Kindern."

„Geht sie denn nicht in die Schule?", fragte Ruby.

„Sie hat einen Privatlehrer." Kelly warf einen Blick auf die Uhr. „Ich muss mich beeilen. Es gibt noch einiges vorzubereiten und Marlon ist auch noch nicht gesattelt." Sie beugte sich nach unten

und setzte Zigzag auf den Boden, die erst empört maunzte und sich dann widerwillig davontrollte. „Bis später!"

Als Ruby und Simon von dem Ausritt zurückkamen, stand der Mercedes der Sullivans auf dem Hof. Emilys Eltern waren nirgends zu sehen, wahrscheinlich nutzten sie die Therapiestunde für einen Strandspaziergang. Obwohl das Wetter heute nicht sehr einladend war. Der Himmel war wolkenverhangen und es begann gerade zu nieseln.

Ruby und Simon zäumten die Pferde ab und wollten sie gerade zurück auf die Koppel führen, als Patrice zum Sattelplatz kam.

„Du kannst mir Sultan gleich geben", sagte er zu Simon. „Ich brauch ihn im Round-Pen."

„Was hast du denn vor?", fragte Ruby neugierig.

„Schocktherapie für Rico." Patrice grinste. „Ich will ihn heute mal mit einem anderen Wallach konfrontieren."

„Hoffentlich haut er nicht noch mal ab", sagte Simon.

„Solange nicht wieder jemand sein Fahrrad vor ihn hinschmeißt..." Patrice zog Sultan ein Halfter über und führte ihn weg.

„Sollen wir noch ein Eis essen gehen?", fragte Simon, als er und Ruby zu ihren Rädern gingen. „Ich lad dich ein."

Ruby schüttelte den Kopf. „Heute nicht. Tante Leslie kommt zum Abendessen. Ich hab versprochen, Mama beim Kochen zu helfen."

Im Hof stand Kelly mit den Sullivans.

„Emily hat super Fortschritte gemacht", hörten sie sie gerade sagen.

„Wo ist sie denn?" Mrs Sullivan fuhr sich nervös durch die langen blonden Haare.

„In der Halle. Sie möchte Ihnen etwas zeigen."

„Sie ist allein in der Halle?", fragte Mr Sullivan mit lauter Stimme. „Doch nicht etwa mit dem Pferd?"

Kelly lächelte. „Kommen Sie doch einfach mal mit. Sie werden staunen."

Aber die Sullivans staunten schon jetzt. Denn in diesem Moment öffnete sich die Tür zur Reithalle und Marlon trottete in den Hof. Neben ihm marschierte Emily. In der einen Hand hielt sie den Halfterstrick, in der anderen ihren Stock.

„Mummy! Daddy!" Ihre Stimme war laut und durchdringend wie immer. „Seid ihr da? Könnt ihr mich sehen?"

„Emily!" Kelly fuhr zu ihrer Patientin herum. „Ich hab dir doch gesagt, dass du in der Halle …" Der Rest ihres Satzes verlor sich in dem schrillen Schrei, den Mrs Sullivan ausstieß.

„Emily, Schätzchen! Um Gottes willen!"

„Geh von dem Pferd weg!" Mr Sullivan eilte mit großen Schritten auf seine Tochter zu.

Zum Glück ließ sich Marlon von der plötzlichen Panik auf dem Hof überhaupt nicht beeindrucken. Er war ein Therapiepferd, um ihn aus der Ruhe zu bringen, musste schon etwas Schlimmeres passieren.

Und genau das geschah jetzt auch.

9

Schocktherapie

Bevor Mr Sullivan Emily und Marlon erreicht hatte, ging neben Ruby die Stalltür auf. Auf der Schwelle erschien Patrices hochgewachsene Gestalt, er hielt ein braun-weiß geflecktes Paint Horse am Halfter.

Rico!

„Nicht jetzt, Patrice!", rief Ruby alarmiert.

Aber es war zu spät.

Patrice hatte das Pferd bereits in den Hof geführt. Für eine Sekunde war es, als ob sie alle von einem gigantischen Blitzlicht geblendet worden wären.

Und dann passierte alles auf einmal.

Rico bemerkte Marlon, der das Paint Horse sofort wiedererkannte und ein ängstliches Wiehern ausstieß. Der kleine braune Wallach wollte zurück in die Halle, aber er war viel zu gut erzogen, um einfach die Flucht zu ergreifen. Emily hing schließlich immer noch an seinem Halfterstrick.

Patrice umklammerte mit beiden Händen Ricos Leine, er versuchte, den Wallach in den Stall zu ziehen. Es war jedoch sinnlos. Rico blähte die Nüstern, dann bäumte er sich auf. Seine Vorderhufe sausten durch die Luft und knallten wieder zu Boden, nun schlug er mit den Hinterbeinen aus.

Mrs Sullivan schrie wie am Spieß. Mr Sullivan hechtete zu seiner Tochter, die endlich das Halfter losließ. Keine Sekunde zu früh, denn Marlon konnte sich nicht länger beherrschen. Der kleine Braune raste los, haarscharf an Mr Sullivan vorbei und durch die pickenden Hühner hindurch, die laut gackernd auseinanderfuhren.

Rico galoppierte ein Stück hinter ihm her, dann gab er die Verfolgung auf. Er warf den Kopf in den Nacken und wieherte laut, aber als Patrice neben ihn trat und nach seinem Halfter griff, ließ er sich zur allgemeinen Erleichterung widerstandslos in den Stall führen.

„Daddy!", schluchzte Emily. Ihr Gesicht war kreideweiß, nur auf ihren Wangen leuchteten zwei rote Flecken. Sie umklammerte ihren Vater wie eine Ertrinkende.

Jetzt trat auch Mrs Sullivan zu ihnen und schlang die Arme um ihre Tochter.

Mr Sullivan löste sich behutsam aus der Umarmung und machte einen Schritt zurück. „Kommt ins Auto." Seine sonst so feste Stimme zitterte. „Wir fahren nach Hause."

„Die sehen wir nie mehr wieder", flüsterte Simon Ruby zu, als der Mercedes vom Hof brauste.

Mit Simons und Rubys Hilfe fing Kelly Marlon ein und brachte ihn zurück auf die Weide. Als sie danach wieder in den Hof kamen, erwartete Patrice sie schon.

„Was zum Teufel war das, Kelly?", fragte er aufgebracht. „Wieso lässt du Emily mit dem Pferd hier rumlaufen?"

„Sie sollte mit Marlon in der Halle bleiben." Kellys Stimme klang erstaunlich ruhig. „Ich wollte ihre Eltern holen, weil wir ihnen zeigen wollten, wie gut Emily inzwischen reitet. Aber leider ist sie auf die bescheuerte Idee gekommen, Marlon nach draußen zu führen."

„Das Ganze hätte schrecklich schiefgehen können." Patrice schloss für einen Moment die Augen.

„Wieso bist du mit Rico hier rausgekommen?", fragte Kelly. „Hast du das Geschrei nicht gehört?"

Er schüttelte den Kopf, ohne die Augen zu öffnen. „Nee, ich war total auf Rico fixiert." Er legte die Hände vor dem Mund zusammen und atmete hinein. „Puh, wir haben echt Glück gehabt. Wenn Marlon Emily hinter sich hergezogen hätte ..." Er unterbrach sich kopfschüttelnd.

„Die Therapie mit Emily kann ich jetzt vergessen." Kelly ließ den Kopf hängen. „Schade, sie hat solche Fortschritte gemacht."

Patrice streckte den Arm aus und zog seine Freundin an sich.

„Da hinten liegt noch Emilys Stock." Ruby deutete mit dem Kinn in Richtung Halle, wo Emily vorhin gestanden hatte. Bei der Flucht vor Rico hatte sie den Stock fallen lassen.

„Ich nehm ihn mit und geb ihn Amir", sagte Simon. „Der wohnt doch in Emilys Straße. Da kann er ihn einfach vorbeibringen."

„Siehst du Amir heute noch?", fragte Ruby. Obwohl sie total fertig war von der ganzen Aufregung, spürte sie, wie in ihrem Bauch wieder ein Ameisenschwarm loskrabbelte.

„Wir sind gleich in der Eisdiele verabredet."

Das Ameisengekrabbel verwandelte sich in ein schmerzhaftes Ziehen. Oh nein! Wenn sie das gewusst hätte, hätte sie die Einladung zum Eisessen bestimmt nicht abgelehnt. Aber jetzt war es zu spät.

Außerdem musste sie wirklich nach Hause. Sie durfte ihre Mutter nicht schon wieder versetzen.

„Emily Sullivan reitet auf der Ocean Ranch?" Tante Leslie nippte ungläubig an ihrem Weinglas. „Das ist ja toll!"

„Kennst du sie?", fragte Laura, während sie ihrer Schwester ein Stück selbst gemachte Pizza auf den Teller legte.

Rubys Mutter und Tante sahen sich sehr ähnlich. Beide waren groß und schlank und hatten strahlend blaue Augen und blonde Haare – ganz im Gegensatz zu Ruby, die dunkelhaarig war wie ihr Vater.

Leslies Haar war allerdings immer ziemlich zerzaust. Und sie zog sich gerne verrückt an. Heute trug sie eine leuchtend pinke Bluse mit Margeritenaufdruck und eine zerlöcherte Jeans.

Lauras Stil war dagegen klassisch elegant: Sie hatte die Haare hochgesteckt und einen dunkelblauen Cardigan über ihr weißes T-Shirt gezogen.

Die beiden Schwestern waren in Bickerick geboren und aufgewachsen. Rubys Mutter war nach der Schule zum Studium nach Berlin gezogen, dort hatte sie schließlich auch Ruby bekommen. Und Leslie hatte nach einer ziemlich wilden Phase in Bickerick ein Café eröffnet.

„Du kennst sie auch – oder vielmehr ihre Mutter", beantwortete sie jetzt die Frage ihrer Schwester. „Audrey Sullivan war doch bei dir in der Klasse. Damals hieß sie allerdings noch Carver."

„Audrey Carver!" Laura sah ihre Schwester überrascht an. „In die waren alle Jungs verknallt."

„Sie hat sich nach der Schule für Matthew Sullivan entschieden. An den müsstest du dich eigentlich auch noch erinnern. Er spielte Hockey und war eine Zeit lang Schulsprecher. Inzwischen ist er Anwalt und stinkreich."

„Und Audrey?"

„Hat ebenfalls Jura studiert. Aber als Emily kam, hat sie ihren Beruf aufgegeben. Das Mädchen ist ihr ganzer Lebensinhalt."

„Stimmt es, dass Emily erst vor ein paar Jahren blind geworden ist?", fragte Ruby.

Leslie nickte traurig. „Sie hat eine seltene Krankheit, bei der das Sichtfeld mehr und mehr zusammenschrumpft. Bis man am Ende gar nichts mehr sieht."

„Das ist ja furchtbar", sagte Laura.

„Es war wirklich ein schlimmer Schlag für die drei. Die Krankheit ist unheilbar, aber die Sullivans wollten es einfach nicht akzeptieren. Sie waren mit Emily bei allen möglichen Spezialisten, sogar in einer Spezialklinik in den Staaten."

„Aber es hat nichts gebracht", sagte Laura.

„Genau. Emily ist trotz aller Bemühungen erblindet."

„Das arme Kind", sagte Laura. „Und die armen Eltern."

„Ich mochte die beiden früher nie besonders." Leslie schenkte sich Wein nach. „Aber inzwischen bin ich echt beeindruckt. Sie tun alles für Emily. Und sie sind unglaublich besorgt um sie. Deshalb wundert es mich ja auch so, dass sie jetzt reiten darf."

„Darf sie ja gar nicht", erklärte Ruby. „Sie macht eine Reittherapie bei Kelly."

„Machte", sagte ihre Mutter. „Nach dem, was heute passiert ist, ist das unter Garantie vorbei."

„Das wäre echt schade." Ruby sah Emily plötzlich wieder vor sich. Ihr freudestrahlendes Gesicht, das stolze Lächeln auf ihren Lippen, als sie mit Marlon aus der Reithalle gekommen war. Emily war so glücklich gewesen, dachte sie.

Am nächsten Tag machten sie mit den Großeltern einen Ausflug in die Robbenaufzuchtstation nach Helston. Jetzt im Herbst waren dort keine Babyrobben zu sehen, aber neben verschiedenen Seehundarten gab es dafür auch Seelöwen und Otter zu bestaunen.

Ruby hatte so viel Spaß, dass sie fast nicht dazu kam, Fantasy und die Ocean Ranch zu vermissen. Hin und wieder dachte sie an Emily. Ob sie den Schock einigermaßen verdaut hatte? Ruby hatte es nie geschafft, sich mit ihr anzufreunden. Und wenn ihre Mutter mit ihrer Befürchtung recht hatte, dann war Emilys Therapie schon wieder vorbei. Aber vielleicht würden sie sich ja trotzdem noch über den Weg laufen. Bickerick war schließlich nicht so groß.

Als sie am Abend ihre Schulsachen für den nächsten Tag zusammenpackte, klingelte ihr Handy. Es war Simon.

„Katastrophe", sagte er anstelle einer Begrüßung. „Mr Sullivan will die Ocean Ranch verklagen."

„Was?" Ruby ließ sich auf ihr Bett sinken. „Wieso das denn?"

„Er und seine Frau finden, dass Reittherapie und Pferdeflüstern nicht zusammenpassen. Und dass es viel zu gefährlich ist, Kinder wie Emily mit verstörten Pferden zusammenzubringen."

„Emily wäre Rico ja gar nicht begegnet, wenn sie auf Kelly gehört hätte", wandte Ruby ein.

„Erklär das mal Mr Sullivan. Ich bezweifle aber, dass er sich davon überzeugen lässt."

„Woher weißt du das überhaupt?", fragte Ruby.

„Amir war gerade bei mir. Vorhin hat er Emilys Stock zu den Sullivans gebracht und bei dieser Gelegenheit hat ihm Mr Sullivan verklickert, dass die Ocean Ranch Geschichte ist."

„Geschichte?" Ruby riss entsetzt die Augen auf.

„Er hat sich fest vorgenommen, Kelly und Patrice fertigzumachen."

„Das kann er doch gar nicht." Ruby verstaute das Englischheft, das sie immer noch in der Hand hielt, in ihrem Rucksack. „Kelly und Patrice haben alles richtig gemacht. Mr Sullivan spielt sich nur auf."

Simon schwieg und Ruby fühlte, wie die Zweifel über ihre eigenen Worte in ihr hochstiegen.

„Es wird alles gut", beharrte sie dennoch. „Ganz bestimmt."

10

Trübe Aussichten

Auf der Ocean Ranch herrschte düstere Stimmung. Patrice war ohnehin nicht der Gesprächigste, aber wenn er nicht gut drauf war, verstummte er ganz. Und heute war er definitiv nicht gut drauf.

Als Simon und Ruby mit ihren Pferden zum Sattelplatz kamen, zäumte er gerade Branco auf. Er begrüßte sie nur mit einem kurzen Seitenblick und einem Kopfnicken.

„Reitest du mit uns aus?“, fragte Simon.

Patrice schob Branco das Zaumzeug über die Ohren. Er schloss erst den Kinnriemen, bevor er langsam den Kopf schüttelte. „Nein, ich reite allein. Muss nachdenken."

„Stimmt es, dass Mr Sullivan euch verklagen will?", platzte Ruby heraus.

Patrice hob schweigend den Sattel auf Brancos Rücken und schnallte ihn fest. Hatte er ihre Frage nicht gehört? Sie wollte sie schon wiederholen, als er sich zu ihr umdrehte.

„Ja", sagte er knapp. Dann band er Branco los, schwang sich auf seinen Rücken und ritt grußlos weg.

„Puh." Simon führte Dottie an die Stange und band sie fest. Im Gegensatz zu Ruby hatte er kein Lieblingspferd, er suchte sich jedes Mal ein anderes Tier aus. Er mochte sie nämlich alle gleichermaßen. „Dicke Luft."

Rubys Brust war ganz eng, sie konnte gar nicht richtig atmen. Diese Beklemmung ließ sie während des Ausrittes auch nicht mehr los. Sie fragte sich, wo Patrice hingeritten war. Ob er allein in der kleinen Bucht saß und auf das Meer hinausblickte? Was wohl in seinem Kopf vor sich ging?

Auch Simon hatte keine rechte Lust zu reiten, so schlugen sie ziemlich schnell den Rückweg zur Ranch ein. Auf der alten Steinbrücke begegnete ihnen Kelly, die mit Arthur und Chocolate spazieren ging.

„Hi." Ruby zügelte Fantasy und brachte die Stute neben Kelly zum Stehen. „Wie geht's?"

„Gut", behauptete Kelly, aber das war eine Lüge, das sah man an ihrem gequälten Lächeln.

„Gibt es … äh … Neuigkeiten von Emily?", erkundigte sich Simon.

Kelly schüttelte den Kopf. „Ich hätte gerne noch mal mit ihr gesprochen, nach dem, was am Samstag passiert ist. Aber ihre Eltern haben die Therapie abgebrochen. Mr Sullivan will uns verklagen, das habt ihr vermutlich schon gehört."

„Aber ihr habt doch nichts Schlimmes gemacht", sagte Ruby. „Auf meinem alten Reiterhof in Berlin sind die Pferde auch manchmal durchgegangen, das ist doch vollkommen normal."

Kellys Lächeln wurde noch schiefer. „Emily ist aber zur Reittherapie gekommen. Da gelten andere Richtlinien als für einen Reiterhof."

„Du hast ihr doch extra gesagt, dass sie mit Marlon in der Halle bleiben soll", empörte sich Simon. „Ist ja nicht deine Schuld, wenn sie nicht hören kann."

„Nein", sagte Kelly.

„Bestimmt beruhigt sich Mr Sullivan wieder", sagte Ruby.

Kelly nickte, aber Ruby hatte das Gefühl, dass sie ihr gar nicht richtig zugehört hatte. „Ich muss jetzt weiter", sagte sie.

Als Ruby am Abend noch schnell zum Supermarkt rannte, fiel ihr ein großer Zettel auf, den jemand an einen Bauzaun geklebt hatte.

Weg mit den Killerpferden!, stand da in großen leuchtenden Buchstaben. Darunter sah man ein Pferd, das die Zähne bleckte wie ein Raubtier und dabei die Augen weit aufriss.

Unter dem Bild stand:

Die kranken Pferde auf der Ocean Ranch sind eine Gefahr für die gesamte Bevölkerung von Bickerick. Sie müssen verschwinden!
Die Bürgerinitiative Sicheres Bickerick

Rubys Herz hämmerte wie verrückt. Was war das denn für ein Schwachsinn? Das klang ja so, als ob die Pferde auf der Ocean Ranch nur darauf warteten, über die Stadt herzufallen und alles zu verwüsten. Sie wollte das Plakat abreißen, aber das ging nicht. Es war mit Leim bestrichen und großflächig auf den Zaun geklebt worden.

Auf dem Weg entdeckte sie noch drei weitere Plakate. Und im Supermarkt hing eines am Schwarzen Brett. Dieser Zettel war nur angepinnt, kurz entschlossen riss Ruby ihn herunter.

„Initiative Sicheres Bickerick", murmelte Laura, als Ruby ihr das Plakat zeigte. Sie zog ihr Handy aus der Tasche und googelte die drei Wörter. „Na, so was! Die haben sogar schon eine Website." Kopfschüttelnd starrte sie auf ihr Display.

Ruby linste über ihre Schulter auf das Smartphone.

„Die sammeln Unterschriften gegen die Ocean Ranch", stellte sie fest. „Das kann doch wohl nicht wahr sein! Ich hoffe, dass niemand auf diesen Quatsch reinfällt."

„Wer hat sich das denn ausgedacht?" Ihre Mutter durchsuchte die ganze Website, aber im Impressum tauchte nur der Name der Initiative auf.

„Vielleicht haben die Sullivans die Website eingerichtet", überlegte Ruby.

Laura zuckte mit den Schultern. „Kann ich mir nicht vorstellen. Die sind doch Juristen. Und eine Website ohne Angabe des Betreibers ist, glaub ich, gar nicht legal."

„Aber wer soll denn sonst dahinterstecken?", wollte Ruby wissen. Darauf hatte ihre Mutter jedoch auch keine Antwort.

Ihre Freunde in der Schule waren genauso ratlos. In der Pause standen sie zusammen auf dem Schulhof. Es nieselte, passend zur Stimmung.

„Mr Sullivan ist einer der besten Anwälte in England." Noah, der im Klassenzimmer neben Simon saß, holte einen Apfel aus der Tasche und biss hinein. „Er wird die Ocean Ranch in Grund und Boden stampfen."

„Sagt wer?", fragte Simon.

„Unsere Nachbarin Mrs Rock", erklärte Noah kauend. „Die arbeitet beim Gericht."

„Aber Kelly hat doch nichts Böses getan." Madeleine trug einen knallgelben Regenmantel über ihrer Schuluniform. Jetzt zog sie die Kapuze über den Kopf, weil der Regen stärker wurde. „Und Patrice auch nicht."

„Emily hat doch noch nicht mal einen Kratzer abbekommen", ergänzte Ruby.

„Das hat aber nichts zu sagen", wusste Noah. „Man kann total unschuldig sein und trotzdem einen Prozess verlieren, sagt Mrs Rock. Das passiert sogar ständig."

„Es darf aber nicht passieren!", rief Simon. „Wir müssen es verhindern."

„Ach ja? Und wie?" Amanda schob mit dem Zeigefinger ihre Nickelbrille nach oben.

„Vielleicht sollten wir mal mit den Sullivans reden“, überlegte Ruby.

„Was willst du ihnen denn sagen?“ Auf Madeleines runden Wangen glitzerten Regentropfen. Es sah aus, als ob sie weinte.

Rubys Gesicht war auch schon ganz nass. „Na ja. Vielleicht wissen die gar nicht, dass Emily bei Kelly so tolle Fortschritte gemacht hat.“

„Das hat ihnen Kelly doch bestimmt erzählt“, meinte Noah.

„Amir hat schon versucht, mit den Sullivans zu reden“, sagte Simon. „Er war gestern Abend noch mal bei ihnen. Mr Sullivan hat ihm einfach die Tür vor der Nase zugeknallt, als er die Worte *Ocean Ranch* gehört hat.“

„Weiß eigentlich jemand von euch, wer diese bescheuerten Plakate in der Stadt aufgehängt hat?“, fragte Ruby.

„Nee“, sagte Madeleine. „Aber hier in der Schule hing auch eins. Ich hab's gleich abgerissen.“

Noah hob den Kopf und warf einen Blick in

den grauen Himmel. Inzwischen schüttete es richtig. „Ich geh rein", sagte er. „Kommt ihr mit?"

Sie setzten sich alle in Bewegung. Simon und Ruby gingen als Letzte ins Gebäude. Rubys Haare waren nass, genau wie ihr dunkelblauer Blazer, sie hatte nämlich ihre Regenjacke vergessen. Aber das war ihr so was von egal.

„Oh, unser Liebespaar sieht heute aber gar nicht fröhlich aus", erklang hinter ihnen eine spöttische Stimme. Ruby musste sich nicht erst umdrehen, um zu wissen, dass es Grace war. Die hatte ihr jetzt gerade noch gefehlt.

„Einfach ignorieren", raunte Simon ihr zu.

Das war jedoch leichter gesagt als getan, wenn man so wütend war wie Ruby.

„Wo willst du denn reiten, wenn die Ocean Ranch zumacht?", fragte Grace. Sie ging neben Ruby und lächelte sie scheinheilig an. „Bei Hegarty's geht es ja leider nicht mehr, das ist dir hoffentlich klar. John nimmt dich bestimmt nicht wieder auf, nach all dem Ärger, den du ihm eingebrockt hast."

Ruby presste die Lippen so fest zusammen, dass es wehtat, und ballte die Hände zu Fäusten.

Als sie nach Cornwall gekommen war, war sie zusammen mit Grace bei Hegarty's geritten. Der Reitstall war das komplette Gegenteil der Ocean Ranch. John Hegarty, der Besitzer, wirkte auf den ersten Blick nett und großzügig, aber er war ein übler Tierfeind und Pferdequäler. Er hätte Fantasy, die damals noch ihm gehörte, ohne mit der Wimper zu zucken ins Verderben geschickt, nur weil die Stute bei einem Turnier nicht die erwartete Leistung gebracht hatte.

Zum Glück hatte Ruby sein mieses Spiel noch rechtzeitig durchschaut und Fantasy gerettet. Seitdem hatte sie John Hegarty nie wieder gesehen, aber sie konnte sich gut vorstellen, dass er immer noch richtig sauer auf sie war.

„Mein Dad sagt, dass Mr Dufresne seine Ranch dichtmachen kann." Grace warf ihre seidigen Haare schwungvoll nach hinten. „Wenn Mr Sullivan mit ihm fertig ist, ist die Ranch pleite. Mr Sullivan ist nämlich ein Staranwalt. Genau wie

Daddy. Die beiden arbeiten in derselben Kanzlei, hast du das gewusst?"

Nein, dass Mr Sullivan und Graces Vater Kollegen waren, war Ruby neu. Sie dachte wieder an Kellys gequältes Lächeln und an Patrices sorgenvolles Gesicht. Und an Noah, der vorhin das Gleiche gesagt hatte wie Grace.

Stand es wirklich so schlecht um die Ocean Ranch? Ruby merkte, wie ihr Tränen in die Augen schossen.

Das entging Grace nicht. „Och, jetzt weint sie, die arme Kleine", säuselte sie. „Würde ich an deiner Stelle auch. Fantasy kannst du nämlich vergessen, die wird jetzt …"

Weiter kam sie nicht. Weil Ruby mit beiden Händen in Graces hellblonde Haare gegriffen hatte. Sie war kurz davor, mit aller Kraft daran zu reißen. Doch in diesem Moment fiel ihr Blick auf Simons entsetztes Gesicht.

„Nicht, Ruby!", flüsterte er.

„AUUUAAAA!" Graces Schrei gellte über den ganzen Schulhof. Alle drehten sich zu ihnen um. „Ruby tut mir weeeeeh!"

Dabei hatte Ruby längst losgelassen.

„Was ist dahinten los?“ Mr Sinclair, der die Pausenaufsicht hatte, sprintete quer über den Hof auf sie zu. „Auseinander, aber sofort!“

Grace wich einen großen Schritt zurück und starrte Ruby mit weit aufgerissenen Augen an, als wäre sie ein gefährliches Tier.

„Ruby? Grace? Was soll dieser Aufruhr?“ Der Mathelehrer war für seine unerbittliche Strenge an der Schule gefürchtet.

„Ruby hat mich an den Haaren gerissen“, schluchzte Grace.

„Das stimmt ja gar nicht“, sagte Ruby.

„Ich hab es doch gesehen“, sagte Mr Sinclair. „Du hast Grace an den Haaren gepackt.“

„Aber ich hab nicht gerissen“, sagte Ruby.

„Hat sie auch nicht“, sprang Simon ihr bei. „Außerdem war Grace total gemein zu ihr.“

„Mein Kopf tut so weh.“ Nun strömten die Tränen über Graces Wangen.

Mr Sinclairs Blick wanderte einen Moment lang zwischen Ruby und der heulenden Grace hin und her.

„Gewalt ist nicht akzeptabel. Gebt euch die Hand – und du entschuldigst dich, Ruby."

Ruby, die immer noch erschrocken über ihren Wutausbruch war, streckte zerknirscht die Hand aus. „Entschuldigung, Grace."

Aber Grace ignorierte sie einfach. „Mir ist richtig schlecht", jammerte sie.

„Amanda!" Mr Sinclair schnippte mit den Fingern in Amandas Richtung. „Du bringst Grace auf die Krankenstation. Und Ruby kommt mit mir. Wir gehen jetzt direkt zu Mrs Doolittle." Das war die Direktorin der Bickerick Primary School.

„Komm, Grace." Amanda setzte sich in Bewegung und Grace folgte ihr. Im Weggehen warf sie Ruby noch einen gehässigen Blick zu, doch das war ein Fehler. Mr Sinclairs Adleraugen war ihr Triumph nämlich nicht entgangen.

„Weißt du was?" Der Mathelehrer musterte Ruby nachdenklich. „Wir lassen das mit Mrs Doolittle. Du versprichst mir hier und jetzt, dass du nie mehr ein Kind an den Haaren ziehst."

„Ich versprech's", sagte Ruby.

„Entschuldigt hast du dich ja schon. Dann ist die Sache hiermit erledigt.“ Mr Sinclair drehte sich um und marschierte weg.

11

Grace

Dienstags fand auf der Ranch eigentlich immer der Pferdeflüsterer-Unterricht statt, aber heute fiel die Stunde aus.

„Patrice hat keine Zeit", rief Amanda Ruby entgegen, als diese ihr Fahrrad neben die Räder der anderen stellte. Simons Rad hatte immer noch keinen Ständer, aber zumindest lehnte es an der Hecke. „Dabei hab ich jetzt endlich einen richtigen Helm." Amanda hob den Reithelm hoch, den sie in den Händen hielt. Bisher war sie immer mit ihrem Fahrradhelm geritten.

„Hoffentlich hast du den nicht umsonst besorgt", sagte Ruby düster.

„Wie meinst du das?" Amanda sah sie irritiert an.

„Na, du hast ja gehört, was Grace heute Morgen gesagt hat."

„Ach, die blöde Tussi hat doch keine Ahnung." Amanda rümpfte verächtlich die Nase. „Und Kopfschmerzen hatte sie auch nicht. Alles nur Lüge."

„Hi, ihr beiden. Habt ihr Simon gesehen?" Amir stellte ebenfalls sein Fahrrad ab.

Ruby bekam prompt wieder weiche Knie, als er neben sie trat. Zu ihrer Erleichterung wurde sie diesmal wenigstens nicht rot.

„Der ist im Stall", sagte Amanda. „Er macht Ricos Box sauber."

„Ah." Amir nickte. „Dann geh ich mal zu ihm."

Ruby hätte Amir so gerne gefragt, was er von der ganzen Geschichte hielt. Doch wie immer, wenn er in ihrer Nähe war, verwandelte sich ihr Hirn in einen nutzlosen Klumpen. Und ihre Kehle war wie ausgetrocknet. Wenn ihr etwas eingefallen wäre, dann hätte sie es nicht herausgebracht. Aber es war auch egal, er war ohnehin schon wieder weg.

„Ich hau jetzt hier ab", verkündete Amanda. „Kommst du mit? Dann können wir zusammen fahren."

„Nee, ich schau noch mal nach Fantasy."

Wie so oft schien Fantasy Ruby erwartet zu haben. Die Schimmelstute stand bereits am Gatter, als Ruby zur Weide kam. Sie umarmte das Pferd und vergrub ihr Gesicht in der schneeweißen Mähne. Es gab nichts Tröstlicheres als Fantasys Wärme und ihren wunderbaren Duft.

„Wenn ich dich nicht hätte", murmelte Ruby. Die Stute stieß ein zärtliches rollendes Geräusch aus.

Ruby kramte in ihrer Hosentasche nach einem Möhrenstück und steckte es ihr zu. Während Fantasy das Leckerli zerbiss, fielen Ruby Graces Worte wieder ein. Der Anfang des Satzes, den sie nicht mehr beenden konnte, weil Ruby ihre Haare gepackt hatte.

Fantasy kannst du nämlich vergessen, die wird jetzt …

Verkauft, dachte Ruby. Wenn die Ranch pleite war, musste Patrice seine Pferde aufgeben, es ging gar nicht anders.

Fantasy stupste mit dem Kopf gegen ihren Arm. Es war eine Aufforderung, dass Ruby mit ihr ausritt oder wenigstens mit ihr spazieren ging.

„Ich frag mal Simon, ob er mitkommt", sagte Ruby.

Sie rannte in den Stall, aber Simon war nicht mehr da. Auch Amir war nirgends zu sehen. Nur Rico stand in einer der Boxen und warf nervös den Kopf nach hinten, als er Ruby bemerkte.

„Beruhig dich wieder", sagte sie finster. „Ich hol dich bestimmt nicht raus."

Sie wandte sich wieder zum Gehen und als sie fast an der Tür war, hörte sie Stimmen.

„Das ist nicht dein Ernst, Patrice", sagte Kelly.

„Hast du eine bessere Idee?", fragte Patrice.

Ruby reagierte, ohne zu überlegen. Sie zog die Tür zu einem der Verschläge auf, schlüpfte hinein und duckte sich in der Streu zusammen. Es war kein gutes Versteck. Jeder, der einen Blick über die Absperrung warf, hätte sie sofort dort entdeckt. Aber das Licht im Stall war schwach. Außerdem war es inzwischen eh zu spät. Patrice und Kelly waren bereits in der Stallgasse.

„Mr Sullivan ist einfach zu mächtig für uns", erklärte Patrice. „Der kennt alle Tricks. Wenn der dich fertigmachen will, schafft er das auch."

„Aber er kann uns doch nicht zwingen, die Ranch zuzumachen", sagte Kelly.

„Nein. Aber er wird dafür sorgen, dass du deine Zulassung als Therapeutin verlierst. Dann kannst du nicht mehr arbeiten. Und du liebst deinen Job."

Ruby hörte ein Rascheln, das Getrappel von Hufen, dann ein leises Schnauben.

„Ganz brav, Rico", murmelte Patrice. Nun erklangen Hufschläge in der Stallgasse. Patrice führte das Paint Horse nach draußen.

Ruby duckte sich dicht an die Absperrung. Kelly und Patrice durften sie nicht finden!

„Ich will hier nicht weg", sagte Kelly leise. „Wenn ich nur irgendeinen Ausweg wüsste, dann würde ich ..." Nun klappte die Stalltür zu und verschluckte den Rest des Satzes.

Wie versteinert kauerte Ruby in der leeren Box. Ihr Kopf dröhnte, als hätte ihr jemand einen Schlag verpasst. Patrice und Kelly dachten darüber nach, die Ocean Ranch aufzugeben und zurück nach Kanada zu gehen.

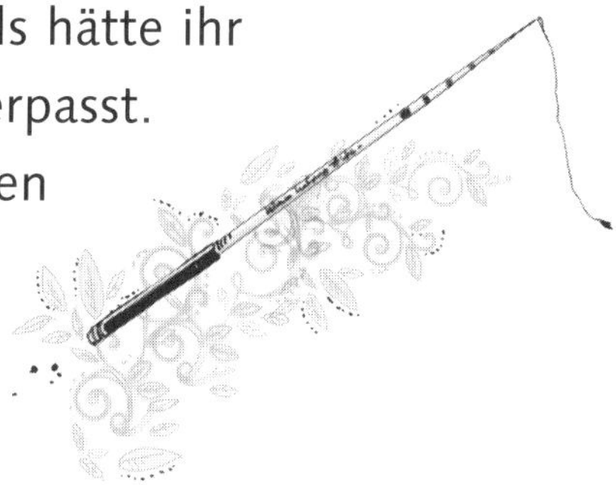

Der Spaziergang mit Fantasy fiel heute aus. Ruby schnappte sich ihr Fahrrad und fuhr direkt nach Hause. Vielleicht hatte ihre Mutter eine Idee, wie man die Ranch retten konnte.

Leider war es zu früh, Laura war noch bei der Arbeit in der Bank. Die Einsamkeit im Haus war unerträglich. Ruby beschloss, ins Café zu Tante Leslie zu fahren.

Auf dem Weg dorthin kam sie an vier neuen Plakaten vorbei, die die Initiative Sicheres Bickerick an Hauswände, Bushaltestellen und Litfaßsäulen geklebt hatte. Und mit jedem Plakat wuchs Rubys Wut.

Patrice und Kelly hatten nie jemandem etwas zuleide getan, warum wollte man sie jetzt vertreiben?

Leslies Café war in einem alten Lokschuppen untergebracht. Um zu dem Gebäude zu kommen, musste man ein Stück an den Bahngleisen entlangfahren. Die schmale Straße war ziemlich holprig und menschenleer.

Obwohl – dahinten in einer Garageneinfahrt stand ein Mädchen. Es drehte Ruby den Rücken zu, dennoch erkannte sie es sofort. Die langen seidenweichen Haare hatte sie heute Morgen noch in den Fingern gehabt.

Es war Grace.

Ruby bremste ihr Rad ab. Was machte Grace denn hier vor der Garage? Sie wohnte doch ganz woanders.

Jetzt nahm ihre Klassenkameradin den Rucksack ab und holte eine Papierrolle raus. Sie breitete sie auf dem Boden aus und tauchte einen Pinsel in den kleinen Eimer, der neben ihr stand.

Geistesgegenwärtig zog Ruby ihr Handy aus der Tasche und begann zu filmen, wie Grace die Rückseite des Blattes einpinselte und es dann an das Garagentor klebte. Danach trat sie einen Schritt zurück, warf die Haare nach hinten und begutachtete ihr Werk zufrieden.

„Jetzt noch mal umdrehen, damit ich dich richtig gut drauf habe", sagte Ruby.

12

Ein gewagter Plan

Grace fuhr herum, als ob man ihr einen Stromschlag versetzt hätte.

„Danke!", rief Ruby und beendete den Film. „*Du* pflasterst also die ganze Stadt mit diesen Plakaten zu. Na, die Hausbesitzer werden sich freuen, wenn sie das erfahren. Man kriegt die Zettel nämlich kaum noch ab."

„Lass mich in Ruhe!", zischte Grace.

„Gerne", sagte Ruby. „Ich fahr jetzt direkt zur Polizei und erkundige mich, ob diese Kleberei am Ende nicht vielleicht sogar strafbar ist."

„Das tust du nicht!" Wütend trat Grace einen Schritt auf sie zu.

„Sonst was?", fragte Ruby.

Grace biss sich auf die Unterlippe. Dann zogen sich ihre Mundwinkel nach oben, sie lächelte verkrampft. „Komm schon, Ruby. Das ... war doch alles nur Spaß, das weißt du doch."

„Das mit der Initiative hast du dir doch nicht allein ausgedacht", sagte Ruby. „Wer steckt wirklich dahinter?"

Grace antwortete nicht, aber Ruby brauchte auch keine Antwort. „John Hegarty", sagte sie. „Der hat die Plakate gedruckt und die Website eingerichtet."

„So ein Quatsch!", rief Grace außer sich. Einen Moment lang schien es, als wollte sie auf Ruby losgehen. Aber dann fasste sie sich. „Sei vernünftig, Ruby", sagte sie beschwörend. „Du weißt genauso gut wie ich, dass es die Ocean Ranch bald nicht mehr gibt. Wenn du das Video löschst, leg ich ein gutes Wort bei John für dich ein ..."

Ruby steckte das Handy wortlos in ihre Tasche und stieg wieder auf ihr Fahrrad.

Grace rannte zu ihr und verstellte ihr den Weg. „Wo willst du hin?"

„Zur Polizei. Das hab ich doch schon gesagt."

„Tu das nicht, Ruby!"

„Hat John dir die Plakate gegeben?"

Grace zögerte eine Sekunde. Dann nickte sie.

„Und er hat die Website ins Internet gestellt?"

Noch ein Nicken.

„Okay", sagte Ruby. „Ich will, dass die Plakate verschwinden."

Grace starrte sie finster an.

„Du hast eine Stunde." Ruby trat in die Pedale, obwohl Grace noch vor ihr stand. Ihre Klassenkameradin sprang mit einem großen Satz zur Seite.

„Dann mach ich die Plakate halt wieder ab!", schrie sie Ruby nach. „Aber das nützt der Ocean Ranch überhaupt nichts!"

In Leslies Café herrschte Hochbetrieb. Rubys Tante hatte überhaupt keine Zeit, mit Ruby zu reden. Sie stellte ihr nur ein Stück Apfel-Crumble und einen Becher mit dem indischen Chai-Tee hin, den Ruby so liebte.

„Alles okay, Schatz?", fragte sie, als Ruby das Geschirr zur Theke brachte.

„Na ja." Ruby verzog das Gesicht.

„Ich hab gehört, dass Patrice und Kelly ganz schön Ärger haben." Leslie seufzte. „Wie geht es eigentlich der kleinen Emily?"

„Keine Ahnung", sagte Ruby. „Aber ich weiß jetzt, wer die bescheuerten Plakate aufgehängt hat."

„Können wir bitte endlich mal bestellen?", rief ein kräftiger Mann mit rotem Kopf, der mit seiner Frau am Fenster saß.

„Ich muss, Ruby." Tante Leslie gab ihr einen Kuss auf die Haare. „Ich komm morgen zu euch, dann reden wir."

„Immerhin hat Grace die dummen Zettel wieder abgemacht", sagte Laura, nachdem Ruby ihr alles erzählt hatte. Auf dem Rückweg vom Café hatte Ruby nämlich kein einziges Plakat mehr gesehen.

„Na und?", sagte Ruby. „Hegarty lässt sich bestimmt etwas Neues einfallen."

Laura fuhr nachdenklich mit dem Zeigefinger über den Rand ihrer Teetasse. „Ich kann Kelly und Patrice schon verstehen, dass sie sich auf keinen Rechtsstreit mit den Sullivans einlassen wollen", sagte sie gedankenverloren. „Das wird eine üble Schlammschlacht."

Das baute Ruby nun wirklich nicht auf.

Nach dem Abendessen verzog sie sich in ihr Zimmer. Am nächsten Tag schrieben sie eine Mathearbeit, eigentlich hätte Ruby noch ein bisschen lernen sollen. Aber als sie ihr Buch aufschlug, konnte sie sich überhaupt nicht konzentrieren. Ihr schwirrte die ganze Zeit etwas im Kopf herum, das Leslie zu ihr gesagt hatte. Aber sie bekam es nicht zu fassen.

Sie klappte das Mathebuch zu und klickte ein bisschen auf TikTok herum, ohne die Filme richtig wahrzunehmen.

Dann warf sie ihr Handy aufs Bett und trat ans Fenster. Die Sonne war gerade untergegangen, doch die knorrigen Stämme der alten Apfelbäume, die im Garten standen, waren noch gut zu erkennen.

Der Vollmond leuchtete blass durch die Zweige. Das sah so schön aus, dass Ruby unwillkürlich an Emily denken musste, die all diese Dinge nicht mehr sehen konnte. Und plötzlich erinnerte sie sich wieder an Leslies Bemerkung.

Wie geht es eigentlich der kleinen Emily?

Das weiß keiner, dachte Ruby. Vielleicht sollte man sie mal fragen, was sie von der ganzen Sache hielt.

Ihr Herz schlug auf einmal schnell und aufgeregt. Sie musste mit Emily reden, aber wie? Die Sullivans kannten Ruby von der Ocean Ranch, sie würden sie bestimmt nicht zu ihrer Tochter lassen.

Amir wohnte doch in derselben Straße. Er kannte die Sullivans viel besser als sie. Vielleicht hatte er eine Idee, wie sie an Emily rankommen konnten.

Ruby rannte zum Bett und schnappte ihr Handy. Bevor sie der Mut wieder verlassen konnte, rief sie Amirs Nummer auf und drückte das grüne Hörersymbol.

Er meldete sich nach dem ersten Klingeln, als ob er auf den Anruf gewartet hätte. „Hallo? Ruby?"

„Hi", krächzte Ruby. Sie setzte sich schnell aufs Bett, weil sich ihre Beine in zwei Puddingteilchen verwandelt hatten. „Ich hab mir überlegt, dass wir mal mit Emily sprechen sollten."

„Gute Idee", sagte Amir. „Und wie willst du das anstellen?"

Ruby zuckte mit den Schultern, aber das konnte er natürlich nicht sehen.

„Willst du einfach mal hierherkommen?", fragte er.

Amirs Familie und die Sullivans wohnten am anderen Ende von Bickerick, aber die Stadt war ja nicht sehr groß. Mit dem Fahrrad brauchte Ruby nur eine Viertelstunde in die River Street.

Es war eine schöne, ruhige Straße. Alte Platanen säumten den Bürgersteig. Von den Häusern war nicht viel zu sehen, die meisten Grundstücke waren nämlich von hohen Hecken und Mauern umgeben. Nur hier und dort konnte man durch ein Gittertor in einen parkähnlichen Garten gucken.

Amir stand vor seinem Haus an eine Laterne gelehnt und wartete schon auf Ruby.

„Hi." Zu ihrer Überraschung umarmte er sie kurz. Zum Glück wurde sie nicht gleich ohnmächtig.

„Die Sullivans wohnen da drüben." Er deutete auf ein breites Stahltor, das in eine Betonmauer eingelassen war. Es stand offen, das war schon mal gut. Das Haus dahinter war auch aus Beton, es sah aus, als ob jemand einen riesigen Steinklotz in den Garten geschmissen hätte und fertig.

„Weißt du, wo Emilys Zimmer ist?", fragte Ruby.

„Sie wohnt im ersten Stock, ihr Fenster geht nach hinten raus. Wir waren vor Jahren mal bei den Sullivans eingeladen, da hab ich das mitgekriegt. Aber mehr kann ich dir nicht sagen. Was hast du denn vor?"

„Also ..." Ruby atmete tief ein. Sie hätte sich gerne irgendwo festgehalten, ihre Beine wackelten so. Das lag zum einen an Amirs pechschwarzen Augen, die sie so interessiert ansahen. Und zum anderen an ihrem Plan. „Du klingelst jetzt an der Tür und lenkst die Sullivans ab. Und ich schleich mich nach hinten und versuche, Emily auf mich aufmerksam zu machen."

„Und wie soll ich die Sullivans ablenken?"

„Da fällt dir schon was ein." Ruby nagte nervös an ihrem Zeigefingernagel. „Hauptsache, du redest so lange wie möglich mit ihnen."

Er zögerte einen Moment, dann nickte er. „Okay. Probieren wir's. Wenn sie dich erwischen, besuch ich dich im Gefängnis."

„Versprochen?", flüsterte Ruby.

„Jeden Tag."

Rubys Magen machte einen Purzelbaum. Da

konnte man ja fast hoffen, dass sie wirklich aufflog.

„Okay." Amir straffte die Schultern. „Dann mal los!"

Während er klingelte, huschte Ruby über den gepflasterten Weg in den Garten. Das Grundstück wurde von riesigen Leuchtkugeln erhellt, die überall in den Blumenbeeten und vor den Büschen lagen. Hinter dem Haus befand sich ein großer Swimmingpool, der ebenfalls beleuchtet war. Das Wasser flimmerte bläulich wie ein sehr großer Bildschirm.

Im ersten Stock gab es drei Fenster. Wenn Amir sich nicht irrte, befand sich hinter einem von ihnen Emilys Zimmer. Ruby warf einen Blick auf ihre Uhr. Es war kurz nach neun. Vielleicht war Emily schon im Bett.

Ruby hob einen kleinen Kiesel vom Boden auf und wog ihn in der offenen Hand. Dann schleuderte sie ihn kurz entschlossen nach oben, gegen eines der Fenster.

Das Klirren war schrecklich laut. Ruby hielt

erschrocken die Luft an. Aber nichts regte sich und das Fenster ging auch nicht auf. Neuer Versuch.

Sie zielte auf das mittlere Fenster, der Stein prallte aber gegen die dritte Scheibe. Im Werfen war sie noch nie gut gewesen. Wieder hielt Ruby atemlos inne. Keine Reaktion. Verdammt! Hoffentlich schlief Emily nicht so tief, dass sie einfach nichts hörte.

Ruby bückte sich gerade nach einem neuen Kiesel, als sie ein leises Quietschen vernahm. Sie schoss so schnell nach oben, dass ihr ganz schwindlig wurde.

Das rechte Fenster war auf. Und in der schwarzen Öffnung stand Emily. Mit ihrem weißen Nachthemd und dem hellen Gesicht wirkte sie wie ein Gespenst.

„Ist da draußen jemand?", rief sie halblaut in den Garten hinunter.

13

Alles geht schief

Ruby trat in den Lichtkegel einer der Leuchtkugeln. Erst dann wurde ihr bewusst, wie bescheuert das war. Emily konnte sie ja nicht sehen.

„Ich bin's! Ruby!“, rief sie leise. „Von der Ocean Ranch.“

Schweigen. Hatte Emily sie nicht gehört? Ruby räusperte sich. Sie wollte auf keinen Fall, dass die Sullivans auf sie aufmerksam wurden. „Hier ist …“

„Was willst du?“, unterbrach Emily sie.

„Mit dir reden.“

Emily schwieg wieder, ihr blasses Gesicht war vollkommen ausdruckslos.

„Dein Vater will die Ocean Ranch verklagen", sagte Ruby. „Kelly und Patrice sind total fertig."

Diesmal kam die Antwort prompt. „Na und? Ist doch nicht mein Problem."

„Also hör mal!", zischte Ruby. „Wenn du Marlon nicht aus der Halle geführt hättest, wäre das alles nicht passiert."

Emily zog eine Schnute. „Verschwinde", sagte sie dann.

Ruby spürte, wie die Wut, die schon den ganzen Tag in ihr gebrodelt hatte, plötzlich überkochte. Emily war blind, das war schlimm, aber offensichtlich war sie auch völlig herzlos. Und das war noch viel schlimmer.

„Kelly hat dir nie was Böses getan", rief sie. „Im Gegenteil, sie ist eine super Therapeutin. Aber du willst dir ja gar nicht helfen lassen. Du lässt dich lieber von deinen Eltern in Watte packen. Reiten ist ja auch viel zu gefährlich und Pferde stinken, igitt! Dann lass dich eben weiter einsperren, wenn dir das lieber ist." Ihre Stimme war mit jedem Wort lauter geworden. Und natürlich blieb das nicht unbemerkt.

„Emily-Schätzchen?", erklang jetzt aus dem Inneren des Hauses die Stimme von Mrs Sullivan. „Was ist da los?"

Emily zuckte zusammen und machte das Fenster zu.

„Gute Nacht", sagte Ruby.

Als Ruby aus dem Garten schlich, hörte sie ein leises Surren. Das Tor ging zu! Sie rannte los und schaffte es gerade noch, sich durch einen schmalen Spalt nach draußen auf die Straße zu quetschen.

„Puh, ich dachte schon, die haben dich geschnappt." Amir griff nach ihrem Arm und zog sie ein Stück die Straße runter, bis sie wieder vor seinem Haus standen. „Wie ist es gelaufen?"

„Nicht gut", sagte Ruby. „Ich hab mit Emily gesprochen – und es total vermasselt. Sie ist jetzt noch saurer als vorher schon."

„Ich war auch nicht besser." Amir fuhr sich durch die schwarzen Haare. „Ich hab vielleicht einen Schwachsinn gelabert."

„Was hast du gesagt?"

„Ich hab Mrs Sullivan angeboten, dass ich Emily Reitstunden geben könnte. Weil sie ja die Therapie aufgegeben hat. Mrs Sullivan fand das natürlich absurd, aber ich habe einfach nicht aufgehört zu reden. Irgendwann hat sie mir die Tür vor der Nase zugeknallt. Die denkt bestimmt, dass ich einen an der Waffel habe." Er seufzte.

„Schade, dass du nichts erreicht hast."

„Emily können wir auf jeden Fall vergessen", sagte Ruby. „Die hilft uns bestimmt nicht."

„Mist!" Amir starrte auf seine Sneakers. „Dann sieht es übel aus für die Ranch. Ich weiß gar nicht, was ich ohne die Pferde ..." Er schüttelte den Kopf und verstummte.

„Wir müssen Kelly und Patrice helfen. Sie brauchen einen Anwalt, der es mit Mr Sullivan aufnehmen kann. Kennst du keinen?"

Amir schüttelte erneut den Kopf. „Ich könnte mal meine Eltern fragen."

„Okay."

Einen Moment lang sahen sie sich schweigend an. Amirs nachtschwarze Augen waren so schön.

Trotz ihrer Verzweiflung klopfte Ruby das Herz bis zum Hals.

„Ich muss jetzt leider wieder rein", sagte Amir schließlich.

„Ich muss auch nach Hause. Meine Mum hat keine Ahnung, dass ich noch unterwegs bin." Ruby holte tief Luft, dann stürzte sie sich Hals über Kopf in die nächste Frage. „Wieso reitest du eigentlich nie mit mir aus?", fragte sie. „Hast du was gegen mich?"

Er sah sie entgeistert an. „Wie kommst du denn darauf? Überhaupt nicht! Ich dachte nur, Simon und du ... also ... dass ihr lieber allein sein wollt."

Ruby schluckte. „Nein", sagte sie.

Er lächelte. „Also gut. Dann reiten wir morgen mal zusammen aus."

Er legte seine Hand kurz auf ihren Oberarm, danach wollte er sich abwenden, aber in diesem Augenblick stellte sich Ruby auf die Zehenspitzen und gab ihm einen Kuss auf die Wange.

„Schlaf gut", wisperte sie. Dann rannte sie zu ihrem Fahrrad und fuhr nach Hause.

Sie standen zu sechst auf dem Hof der Ocean Ranch – Amir, Simon, Amanda, Madeleine, Noah und Ruby. Arthur hockte mit hängendem Kopf neben Ruby. Der Schäferhund schien genauso unglücklich und ratlos zu sein wie sie alle.

„Was ist mit dem Anwalt?", fragte Ruby Amir. „Bist du da weitergekommen?"

Er nickte. „Ich hab die Nummer dabei. Meine Eltern haben sogar schon mal bei Mr Khan angerufen und ihm erzählt, worum es geht."

„Und? Was sagt er?", fragte Ruby.

„Patrice soll ihn mal anrufen. Dann sieht man weiter."

„Da kommt er ja schon." Madeleine wies mit dem Kopf auf Patrice, der gerade das Haus verließ. Als Amir ihm den Zettel mit der Telefonnummer der Kanzlei gab, nickte er nur.

„Danke." Er ließ das Blatt in seiner Jeanstasche verschwinden, ohne einen Blick darauf zu werfen.

„Der ruft nie und nimmer da an", sagte Simon düster, nachdem der Pferdeflüsterer wieder weitergegangen war.

„Vielleicht haben die beiden kein Geld für einen Anwalt", sagte Amanda. „So ein Prozess ist echt teuer."

„Wir könnten doch für sie sammeln", schlug Madeleine vor.

„Gute Idee", sagte Simon. „Wir müssen auf jeden Fall verhindern, dass sie die Ranch verkaufen."

„Wer kommt denn jetzt?", fragte Noah, weil in diesem Moment ein großer schwarzer Mercedes auf den Hof fuhr.

Rubys Herz begann zu rasen. Das war der Wagen der Sullivans. Was wollten die denn noch hier?

Bevor das Auto richtig zum Stehen gekommen war, ging hinten die Tür auf und Emily sprang heraus.

„Warte, Schatz!" Diesmal saß Mrs Sullivan hinter dem Steuer. „Ich bin gleich bei dir."

„Nein, Mum!", sagte Emily entschieden. „Ich

regle das allein. Genau wie wir es besprochen haben."

Arthur sprang auf, bellte kurz und wollte zu Emily, um sie zu begrüßen.

„Nicht, Arthur!" Ruby hielt den Hund am Halsband fest.

„Wer ist denn hier?", fragte Emily.

„Ruby", sagte Ruby. „Und noch ein paar andere aus der Schule." Arthur bellte erneut. „Und Arthur natürlich."

Emily lächelte. Sie hatte niedliche Grübchen in den Wangen, das war Ruby bisher noch gar nicht aufgefallen.

„Könntest du Kelly holen, Ruby?", erkundigte sie sich.

„Klar." Ruby übergab Arthur an Simon und rannte zum Haus.

Als Kelly und sie wieder rauskamen, war Mrs Sullivan ebenfalls ausgestiegen. Sie stand vor ihrem Mercedes und beobachtete misstrauisch, wie Emily Arthur kraulte, der sich vor ihr auf den Boden geworfen hatte.

„Hi, Emily. Was gibt's?" Kellys Stimme war warm und wachsam zugleich.

Emily richtete sich auf und wandte ihr das Gesicht zu.

„Ich wollte mich entschuldigen", sagte sie. „Und ich wollte dich fragen, ob ich mit der Therapie weitermachen kann."

Kelly war sprachlos. Ihr erstaunter Blick wanderte von Emily zu Mrs Sullivan, die nun zaghaft lächelte.

„Wir werden keine Klage einreichen", erklärte sie sichtlich verlegen. „Emily hat uns heute Morgen erst erzählt, wie die Situation entstanden ist. Wir haben vielleicht ein wenig überreagiert." Sie rückte nervös an der Sonnenbrille, die in ihren blonden Haaren steckte. „Emily möchte wirklich sehr gerne hier weitermachen. Also, wenn Sie bereit wären ..."

Kelly schluckte. Ihr fehlten offensichtlich immer noch die Worte und ihre Augen glänzten verdächtig.

„Bitte, Kelly", sagte Emily.

„Ja", sagte Kelly.

14

Emilys Traum

Der goldene Oktober ging zu Ende und mit dem November kamen Kälte und Dauerregen. Der Himmel war verhangen von dunkelgrauen Wolken, ein kräftiger Wind peitschte die bunten Blätter von den Bäumen und wühlte das Meer auf. Das Rauschen der Wellen war selbst hier in der Reithalle der Ocean Ranch zu hören.

Ruby saß zwischen Simon und Amir auf einer Bank am Rand der Reitfläche. Ihnen gegenüber stand eine weitere Bank, darauf hatten Mr und Mrs Sullivan Platz genommen.

Patrice lehnte neben der Tür an der Wand, die Arme vor der Brust gekreuzt.

Alle schauten zum Eingang, in dem jetzt Marlon erschien. Der kleine Braune mit der weißen Blesse wurde von Emily geführt. Ruhig leitete sie das Pferd in die Mitte der Halle. Sie hatte Reiterhosen an und einen Helm auf, Marlon war aufgezäumt. Allerdings trug er heute einen ganz normalen Sattel.

„Dann leg mal los, Emily", sagte Kelly, die ihnen gefolgt war.

Das zierliche Mädchen trat neben den Wallach, strich sanft über seinen Hals, dann stellte sie ihren Fuß in einen Steigbügel – und *schwups!* saß sie auf Marlons Rücken.

Ein Raunen ging durch die Halle.

Emily schien die Anspannung gar nicht zur Kenntnis zu nehmen. Unter Kellys wachsamen Blicken brachte sie Marlon in den Schritt und dann in den Trab.

„Sie macht das richtig gut", flüsterte Simon.

Ruby nickte. Emily saß wirklich sehr sicher im Sattel. Als ob sie schon seit Jahren reiten würde.

Jetzt verlagerte sie ihr Gewicht nach vorn und

ließ die Zügel locker. Marlon begann zu galoppieren.

Mrs Sullivan stieß einen leisen Schreckensschrei aus. Sie wollte aufspringen, aber ihr Mann zog sie wieder auf die Bank und legte beruhigend den Arm um ihre Schulter.

Emily galoppierte mehrere Runden, bis sie Marlon wieder zum Stehen brachte. In der Halle brandete Applaus auf, sie registrierte den Beifall mit einem kaum merklichen Lächeln. Nun hob sie die Hand und brachte ihr Publikum damit zum Schweigen. Sie stemmte sich im Sattel nach oben und schwang ein Bein über Marlons Rücken.

„Was macht sie denn jetzt?“, wisperte Amir.

„Sie dreht sich um“, antwortete Ruby.

Emily saß nun rückwärts im Sattel. Sie machte ein Kussgeräusch und verlagerte ihr Gewicht leicht nach hinten. Marlon setzte sich wieder in Bewegung. Emily schien von innen heraus zu leuchten, vor Stolz und Glück.

Rubys Blick wanderte zu Emilys Eltern, die ihre Tochter wie gebannt ansahen. Mr Sullivan lächelte fast so glücklich wie Emily. Mrs Sullivan weinte.

Ruby hatte plötzlich ebenfalls Tränen in den Augen. Emily hatte es gewagt und war aus ihrem goldenen und mit Samt ausgepolsterten Käfig ausgebrochen. Sie war frei.

Und die Ocean Ranch war gerettet.

Ruby holte tief Luft, dann schob sie ihre Finger in Amirs Hand.

Und Amir hielt sie fest.

Wissen für Pferdeflüsterer-Mädchen

Die Körpersignale des Pferdes richtig deuten

Pferde haben keine Worte wie wir Menschen, dennoch können sie sprechen. Dazu benutzen sie ihren ganzen Körper. Wenn du ein Pferd verstehen willst, musst du seine Signale richtig deuten.

Der Kopf

Kontakt aufnehmen, Leckerlis fordern oder eine unerwünschte Begegnung abwehren, das alles macht ein Pferd mit dem Kopf. Ein herabgeneigter Kopf bedeutet Unterwerfung, das Pferd ist bereit, dir zu folgen.

Ist der Kopf hocherhoben und der Hals angespannt, ist dein Pferd nervös und aufgeregt. Es will sich einen Überblick über die Umgebung verschaffen, um im Notfall schnell fliehen zu können.

Wirft das Pferd den Kopf nach oben, ist das ein Warnzeichen. Manchmal folgt auf ein Kopfwerfen ein Vorderhuf, mitunter steigt das Pferd sogar.

Wenn ein Pferd dich andauernd anstupst oder sich an dir reibt, ist das kein Zeichen großer Sympathie, sondern vielmehr von mangelndem Respekt.

Aufdringliches Schubsen solltest du nicht akzeptieren. Stell dich aufrecht vor das Pferd und schieb seinen Kopf sofort und bestimmt zurück.

Der Schweif

Hebt das Pferd den Schweif leicht an und schwingt ihn lässig hin und her? Dann ist es entspannt.

Wird der Schweif dagegen dicht an den Körper gezogen, deutet das auf Angst und Unsicherheit hin.

Ein peitschender Schweif kann ein Anzeichen von Wut oder Ärger sein. Vielleicht will das Pferd aber auch nur ein paar lästige Fliegen loswerden.

Die Beine

Zieht das Pferd beim Satteln oder Reiten ein Hinterbein an oder tritt sogar aus? Damit möchte es dir sagen, dass ihm etwas ganz und gar nicht gefällt. Vielleicht ist ihm eine Berührung unangenehm, löst sogar Schmerzen aus oder es versteht eine Hilfe nicht.

Manchmal heben Pferde ihr Hinterbein jedoch an, um es einfach nur zu entlasten. Das deutet dann auf eine entspannte Grundhaltung hin.

Wenn dein Pferd mit den Hufen scharrt, ist es

ungeduldig oder gelangweilt. Beeil dich, ich will endlich los!, heißt das im Klartext.

Das Ausschlagen mit dem Vorderbein ist eine Abwehrreaktion. In der Herde nutzen Pferde ihre Vorderhufe, um sich gegenseitig zu imponieren und auf Abstand zu halten.

Die Körperhaltung

Wenn du ein Pferd kennst, kannst du deiner Intuition vertrauen. Ein schneller Blick sagt dir, ob das Tier entspannt oder eher nervös und gestresst ist. Zum Kennenlernen setzt du dich am besten öfter mal vor die Koppel. Nimm dir ein bisschen Zeit und beobachte dein Pferd im Umgang mit der Herde.

© Sibylle Pietrek

Obwohl Gina Mayer schon viele Bücher über Pferde geschrieben hat, traut sie sich selbst nicht in den Sattel. Sie setzt sich aber gerne vor der Weide ins Gras, trinkt eine Tasse englischen Tee mit Milch und lässt sich von den Pferden ihre Geheimnisse zuflüstern.

LESEPROBE

Gina Mayer

Pferdeflüsterer-Mädchen
Band 3

Als Ruby vor der Bickerick Primary School vom Rad sprang, begann es zu nieseln. Sie zog ihre Kapuze über die dunklen Haare. Zumindest war sie noch trocken zur Schule gekommen.

„Hi, Ruby!" Simon schloss gerade sein Fahrrad ab.

„Hallo!" Ruby schob ihr Rad in den Ständer. „So ein Sauwetter. Wenn der Winter bloß schon wieder vorbei wäre."

„Alles eine Frage der richtigen Kleidung." Als Ruby Simons Blick folgte, sah sie ihre Klassenkameradin Grace, die soeben aus dem schicken

Sportwagen ihrer Mutter kletterte, der in ein paar Metern Entfernung parkte. Obwohl so nah an der Schule gar keine Autos mehr erlaubt waren. Grace trug eine neue knallpinke Daunenjacke und schicke weiße Fellstiefel.

Simon verzog angewidert das Gesicht, als sie jetzt auf sie zukam. Er konnte Grace nicht ausstehen, wie die meisten in ihrer Klasse.

Ruby konnte dagegen ein Gefühl der Bewunderung nicht unterdrücken. Grace sah einfach super aus, das musste man ihr lassen. Ihre blonden Haare ragten weich und fluffig unter ihrer Mütze hervor. Und ihre großen braunen Augen wirkten durch das Pink der Jacke noch dunkler als sonst.

Nun hatte sie Ruby und Simon ebenfalls bemerkt. „Na, Liebespaar? Alles klar?"

Die halbe Schule hatte inzwischen mitbekommen, dass Ruby nicht mit Simon, sondern mit Amir zusammen war. Aber an Grace war es wohl vorbeigegangen. Ruby würde sie auch nicht darüber aufklären, sie redete so wenig wie möglich mit Grace.

In ihrer ersten Zeit in Bickerick waren sie befreundet gewesen, das hatte sich aber erledigt, nachdem Ruby dafür gesorgt hatte, dass Graces Stute Fantasy auf die Ocean Ranch kam.

„Sollen wir rein?", fragte sie Simon, ohne Grace zu beachten.

„Ich hab jetzt ein neues Pferd", erzählte Grace, während sie die Mütze abnahm und sich durch die Haare fuhr. „Das ist ein echter Superstar."

„Was sonst?", spottete Simon.

„Sir Prince hat letztes Jahr das Show Jumping in Birmingham gewonnen." Grace warf ihre Haare mit Schwung über die Schulter. „John sagt, dass er ein Wahnsinnspotenzial hat."

Ruby biss sich auf die Lippen. Sie hatte sich vorgenommen, einfach nicht mehr auf Graces Prahlereien und Gemeinheiten zu reagieren, aber es war echt schwer. Fantasy hatte als Turnierpferd nämlich ebenfalls ein Wahnsinnspotenzial gehabt, aber ihr früherer Besitzer John Hegarty und Grace hatten die arme Stute so überfordert und gequält, dass sie am Ende nur noch ein Nervenbündel gewesen war.

„Mal sehen, wie schnell du ihn kleinkriegst!" Simon hielt sich im Gegensatz zu Ruby nicht zurück. Er holte tief Luft, um gleich noch was nachzuschießen, aber Ruby war schneller.

„Wir müssen rein." Sie packte ihn am Arm und zog ihn in Richtung Schultür.